Jeudi noir

Michaël MENTION

Jeudi noir

Ce livre est la retranscription romancée de la demi-finale de football qui a opposé l'équipe de France à celle de la RFA le 8 juillet 1982. Son ambition est de relater ce match avec le plus d'objectivité possible pour en finir avec les stigmatisations abusives, de Charles Corver à Didier Six en passant par Jean-Luc Ettori.

Les temps forts et les réactions de chacun sont ici respectés sur la base de *Séville 82* (Pierre-Louis Basse, éditions Privé, 2005), *Un 8 juillet à Séville* (Emilio Maillé, productions Flach Film, 2002), *Galaxie foot* (Hubert Artus, éditions Points, 2014), *Terrain miné* (Chérif Ghemmour, éditions Hugo Sport, 2013), *Coup de sifflet* (Harald Schumacher, éditions Michel Lafon, 1987), *Une épopée sportive : la France de Michel Platini – 1976-1987* (Marc Barreaud et Alain Colzy, éditions L'Harmattan, 2012), d'interviews d'anciens joueurs des deux équipes et de l'arbitre Charles Corver, ainsi que des commentaires de Thierry Roland et Jean-Michel Larqué.

Merci à Anna, Caroline, Camille et Marin pour leur confiance et leur bienveillance. Merci également à Rico Rizzitelli et Hubert Artus pour leur aide précieuse, ainsi qu'à Chérif Ghemmour, Vincent Ruellan, Laurent Chastellière et Philippe Gastal. Enfin, merci à Bénédicte et Elvin pour leur traduction, à Élodie, Hervé, Gwenn, Pauline, Christian et David pour leurs relectures.

Une pensée pour les joueurs des deux équipes et pour la famille de Patrick Battiston. Enfin, une pensée pour Élodie et Charline, au-delà de tout.

« Ceux qui ont parlé de la France "black-blanc-beur" étaient en retard de trente ans [...] En 1998, j'ai été choqué par ce discours. Je me suis dit : "Tiens, des gens ont découvert que la France était comme ça." Les considérations des Français sur les immigrés n'ont pratiquement pas changé depuis cent ans [...] Je pense que certaines personnes qui nous dirigent ne connaissent pas leur pays. »

MICHEL PLATINI,
L'Humanité, 9 décembre 2005

« Le grand problème, c'est que l'Allemagne n'a pas de mythe incarnant un idéal de liberté comme ferment d'une identité nationale, contrairement à la France [...] Elle a dès lors développé une identité fondée sur un romantisme politique irrationnel qui a conduit à cette volonté d'hégémonie et à deux guerres mondiales. Aujourd'hui encore, les Allemands ne sont pas à l'aise dans ce rôle dominateur en Europe. »

JOSCHKA FISCHER,
vice-chancelier de 1998 à 2005,
L'Hebdo, semaine du 1er mai 2014

Jeudi 8 juillet 1982

20 h 44
Stade Ramón Sánchez Pizjuán, Séville

Brassens est mort. Dieu est mort. Et nous, on est vivants. Bien vivants, avec la France derrière nous. Tous les Français. Même ceux qu'elle n'assume pas, ces enfants d'immigrés que certains appellent *bougnoules* alors qu'ils sont aussi français que nous. Dans notre équipe, il y a du sang algérien, espagnol, italien... La France d'aujourd'hui, celle de Mitterrand. Tout ce rouge en nos veines, sous le bleu de nos maillots. Pour nous, ce soir, c'est « liberté, égalité, amitié ».

Cette force qui nous lie ne sera pas de trop dans ce monde malade. Iran, Liban, Salvador... tant de morts que je ne sais pas par où commencer. Ce qui est sûr, c'est que la guerre froide est de retour. La faute à Reagan, dont les provocs de cow-boy irritent ce bouledogue de Brejnev. Lui, il paraît qu'il est en train de crever. Si c'est vrai, peut-être comprend-il enfin la souffrance des civils afghans. Vie/mort, victoire/défaite, tout ça est arbitraire – juste une question de point de vue.

C'est ce que je me répète, dans le vestiaire. Besoin de me rassurer. Les autres y croient, j'ignore comment ils font. Assis face à moi, Michel. Notre capitaine, le menton appuyé sur ses mains croisées.

Je me demande à quoi il pense. En fait, je sais. Pas au match, même s'il le fantasme depuis des jours et des nuits. Pas à son père, si fier de le savoir ici en cette heure mythique. Non, Michel ne pense pas à lui – il l'a déjà fait – et encore moins au petit club de l'AS Jœuf qui l'a vu naître. À cet instant précis, il pense à la Marlboro qu'il aurait aimé savourer avant le coup d'envoi.

Lui et la clope, beaucoup de gens l'ignorent. Il ne se cache pas, il tient juste à préserver le peu d'intimité que lui accorde son statut d'icône. « Drôle de sportif », c'est sans doute ce que dirait le pays s'il le voyait fumer entre deux entraînements. Non, Michel n'est pas qu'un joueur de génie, c'est aussi un anxieux doublé d'un déconneur. Pour ma part, j'aime autant le foot que Sherlock Holmes et la cuisine. On a tous plusieurs facettes, mais nos compatriotes s'en fichent. Ce qui les intéresse, ce qu'ils exigent de nous, c'est qu'on incarne leur rêve. Ça tombe bien, ils ne seront pas déçus.

Michel tourne la tête. Ses yeux croisent ceux de Jean, Christian, tout le monde :

Défenseurs	Milieux de terrain	Attaquants
Maxime BOSSIS	Michel PLATINI	Didier SIX
Marius TRÉSOR	Alain GIRESSE	Dominique ROCHETEAU
Manuel AMOROS	Jean TIGANA	
Gérard JANVION	Bernard GENGHINI	

Goal
Jean-Luc ETTORI

Remplaçants
Patrick BATTISTON
Christian LOPEZ
Gérard SOLER
Bruno BELLONE
Jean CASTANEDA (gardien)

Tous réunis sous le regard bienveillant de Michel Hidalgo, que j'ai surnommé « Mimi ». Toujours de bon conseil, il est notre Maître Yoda. Son boulot, outre de faire de nous des battants, c'est de cacher son anxiété. Ce soir, il en est incapable.

Henri, son adjoint, discute avec René et Jean-François. De fantastiques milieux de terrain et, pourtant, ce match se déroulera sans eux. Je n'en reviens toujours pas, mais voilà : il n'y a pas de place pour tout le monde. Et puis, René et « Jeff » ont déjà eu leur chance.

Déçus, ils nous regardent faire nos derniers étirements. Sur nos épaules, le poids d'un passé sans brio depuis 58. Enfin, presque. Oui, on a battu le Koweït et l'Autriche. Oui, on a atteint la demi-finale, mais on a foiré le début du Mondial. Et pour moi, ça s'ajoute à nos vingt-quatre ans d'échecs. Le plus cinglant, c'était il y a un an et demi, à Hanovre : 4 à 1 face à la République fédérale d'Allemagne. Plus qu'une équipe, un bulldozer. Et c'est elle qu'on va retrouver ce soir, dans seize minutes.

Ça va être dur. Si on était mauvais, je me ferais une raison, mais là, je connais nos capacités et ça complique tout. Quand t'es nul, face aux meilleurs, tu ne peux qu'échouer. Quand t'es bon, tu peux gagner mais perdre aussi. Alors, je me cramponne à notre principal atout – nos trois combinaisons, issues des meilleurs clubs du pays :

Manu et Jean-Luc de Monaco, champion de France en 78 et vainqueur de la Coupe il y a deux ans.

Alain, Jean et Marius de Bordeaux, qui semblait condamné au déclin et qu'ils ont su réveiller avec Jacquet.

Michel, Gérard et Patrick des « Verts », meilleur club du pays depuis vingt ans. Sans compter Dominique, aujourd'hui au PSG mais qui reste stéphanois de cœur.

Puis, Didier et sa fougue, Christian et ses tacles, Maxime – « le grand Max », immense par sa taille et sa maîtrise... Un groupe d'enfer, même si Dominique est tout juste remis de son entorse. Il y a trois heures, Maurice lui a fait une piqûre. J'espère que ça ira. Et si ça ne va pas, on s'adaptera car Mimi sait exploiter notre potentiel. Face à l'Irlande, il a rôdé notre « carré magique » – Jean-Alain-Michel-Bernard – alliage parfait entre technique et offensive.

« Allez ! En piste ! »

Il a parlé, on se lève. Le fanion à la main, Michel sort et je le suis. On marche tous derrière lui, avec Mimi, dans ce couloir à peine éclairé. Les murs semblent se rapprocher, ils m'étouffent. Et mon stress, si présent qu'il en devient acide.

Sur le trajet, des types en costards nous encouragent : « On compte sur vous ! », « Montrez-leur qui on est ! »... Je veux qu'ils nous foutent la paix. Envie d'être chez moi, avec ma femme et ma fille. Le sol se met à gronder ; avant-goût de l'impatience du public. Les ondes remontent jusqu'au plafond. Peur que le ciel nous tombe sur la tête. Astérix. Gaulois. Français. France. Nous, guettés par soixante-dix mille spectateurs.

À notre apparition, le stade rugit entre cris, applaudissements et cornes de brume. Soixante-dix mille gueulards : écrit dans un article ou un bouquin, ça ne veut rien dire. Le lecteur pense juste : « Il y a beaucoup de bruit. » Mais c'est bien au-delà du bruit. Ce qui se passe ici ne peut être réduit à un simple mot. Il n'en existe aucun pour exprimer l'intensité de ces milliers de bouches dissonantes. Ce que je sais, c'est ce que je ressens : un mélange entre migraine, ventre noué et plaisir masochiste.

Mimi va s'asseoir sur le banc avec nos toubibs et nos remplaçants : deux attaquants, deux défenseurs et un goal. Aucun milieu de terrain. J'ai beau chercher, je ne comprends toujours pas pourquoi. J'espère que Mimi sait ce qu'il fait. Jean – notre autre goal – en doute, lui qui était jusqu'ici titulaire. Bras croisés, il ne cache rien de sa jalousie envers Jean-Luc.

On continue d'avancer à travers le terrain, les oreilles bourdonnantes. Bientôt 21 heures, et toujours le soleil. Implacable été, qui nous rappelle que cette saison n'est pas la nôtre. Nous, c'est Paris et la pluie. La RFA, c'est Séville et la victoire.

Température : 33 °C.

Atmosphère : étouffante.

Compte à rebours : huit minutes.

À mesure qu'on foule la pelouse, les gradins s'enfièvrent. Ne pas regarder. Fixer le dos de Michel et son numéro 10. Pas de noms sur nos maillots ; ils sont mieux dans la bouche de nos supporters. Et je lève les yeux, découvrant tous ces gens. Français, Espagnols, Allemands et j'en passe. Les trois quarts du public sont venus assister à notre mise à mort dans cette corrida déguisée. Notre drame : toutes les nations reconnaissent notre talent, mais ne veulent pas qu'on gagne. Jamais.

L'arbitre Corver troque son néerlandais pour nous accueillir en français. Il est cool, à l'instar de son peuple. Cool et considéré comme l'un des meilleurs arbitres du monde. Nos journaux l'ont dit, alors ça doit être vrai. C'était après notre victoire face à la Bulgarie ; bel exemple d'impartialité journalistique.

Là-haut, parmi tous les commentateurs sportifs, nos Thierry Roland et Jean-Michel Larqué. Trois ans que ce duo a fait du foot une communion familiale. On est le corps, ils sont la voix. Larqué qui, j'en suis sûr, est ému en voyant ses anciens compagnons de Saint-Étienne sur le terrain.

Les silhouettes de la Mannschaft se dévoilent. Numéros noirs sur blanc sans le moindre pli, leurs carrures étirant leurs maillots :

Défenseurs	Milieux de terrain	Attaquants
Bernd FÖRSTER	Paul BREITNER	Klaus FISCHER
Karl-Heinz FÖRSTER	Hans-Peter BRIEGEL	Pierre LITTBARSKI
Ulrich STIELIKE	Wolfgang DREMMLER	
Manfred KALTZ	Félix MAGATH	

Goal
Harald SCHUMACHER

Remplaçants
Horst HRUBESCH
Karl-Heinz RUMMENIGGE
Wilfried HANNES
Hansi MÜLLER
Bernd FRANKE (gardien)

Une somme de talents hors du commun : Fischer, attaquant redoutable. Littbarski, dribbleur hors pair. Les frères Förster, blonds comme les blés et rigides comme la mort. Puis Breitner, star du foot depuis dix ans. Tous ont depuis longtemps sublimé leur statut d'hommes – leurs surnoms en témoignent, de Hrubesch « le monstre » à Stielike « le joueur en cristal ». Je me console en me disant qu'au moins, Beckenbauer n'est pas là. Pour le Kaiser, la retraite a sonné.

En retrait, leur goal semble crispé. Aussi tendu qu'un slip dans un sex-shop. Le stress, sans doute. Ce que je sais, c'est qu'il n'a pas son maillot habituel et porte le même que Jean-Luc. Tous deux en rouge avec les mêmes gants, la même tignasse, la même moustache. Pour les distinguer, il n'y a guère que le short bleu de Schumacher et son aigle noir. Là, à la place du cœur.

Ils se prêtent au jeu des photographes. On fait pareil, sans entrain. Notre vie c'est le sport, pas l'image. Accroupis, Alain et Michel tiennent chacun un coin du fanion. Les objectifs nous mitraillent. Je ne souris pas car mon esprit est ailleurs, déjà en finale. Allez, rangez vos appareils, qu'on commence.

Après l'image, l'hymne. Une fois de plus, il va falloir passer par le sacré avant de redevenir hommes. Nos équipes s'alignent, séparées par Corver et les juges de touche. Notre coq et leur aigle s'ignorent. Aucun mépris, juste la pression. Le regard fixe et les mains croisées dans le dos, les autres débutent :

« *Einigkeit und Recht und Freiiiiheit,*
Für das deutsche Vaterlaaaaand!
Danach last uns alle streben,
Brüderlich mit Herz und Haaaaand[1]! »

Que pensent-ils de leur hymne ? Ce *Deutschlandlied* jadis souillé par les nazis, aujourd'hui encore raboté pour éviter toute polémique ? Qu'en pensent-ils, ces hommes, de cette Allemagne divisée dont ils chantent l'union ? Ont-ils le sentiment d'être des imposteurs ou se sentent-ils investis d'une mission fédératrice ?

---

1. « Union et justice et liberté,
Pour la patrie allemande !
Tendons tous vers cela,
Fraternellement, avec le cœur et la main ! »

De leurs bouches jaillissent des siècles de souffrance, de Napoléon aux Anglais, depuis balayés par leur palmarès : champions du monde en 54 et 74, champions d'Europe en 72 et 80. D'excellents joueurs qui ont pourtant mal débuté ce Mondial, eux aussi. D'abord, leur défaite face à l'Algérie. Ensuite, leur victoire étrangement conciliante : 1-0, juste de quoi permettre aux Autrichiens de se qualifier. « Le pacte de non-agression de Gijón », voilà comment la presse a appelé ce match.

Je pense à ça, puis à Rummenigge – ballon d'or 80 et 81 – sur le banc. Fatigué, après son claquage. Tant mieux, ça compense avec le genou de Dominique. Leur hymne terminé, c'est à nous. Le torse bombé et le cœur battant, on se lance :

« Allons enfants de la patriiiiie,
Le jour de gloire est arrivééééé !
Contre nous de la tyranniiiiie,
L'étendard sanglant est levééééé ! »

Je chante à pleins poumons, pense à ma famille qui me voit à la télé en ce moment même. Et Marin, Hervé, Jean-Hugues, tous mes potes. Puis, mes voisins. La France entière. Hommes, femmes, jeunes, vieux... cette *Marseillaise* leur est dédiée. Je me fous de son ode à la guerre mais ce que je veux, c'est gagner. Faire gagner mon pays pour qu'il s'aime, enfin.

Notre hymne s'achève sous les applaudissements. Il n'en mérite pas tant, mais il vaut mieux que la chanson officielle censée nous motiver – Denise Fabre et son *Ollé la France*. Au programme, accordéon et clichés sur l'Espagne.

Cette niaiserie ne date pas d'hier : lorsque les autres avaient les Beatles et les Stones, on avait Johnny et Sheila. Et quand on s'est réveillés avec Gainsbourg et Polnareff, ils nous l'ont mis profond avec le Velvet & Co. Mais ce soir, on est là pour montrer au monde que la France, ce n'est pas que du mauvais goût.

On se répartit sur la pelouse. Sous l'œil de Corver, Michel et leur capitaine – Kaltz – se serrent la main. Instant symbolique, qui fait du bien. Certes, c'est une mise en scène mais ce respect mutuel est réel. Ils échangent leurs fanions. Nouvelle poignée de mains, et on se prépare. Je refais mes lacets, Bernard remonte ses chaussettes, Didier ajuste ses protège-tibias et Manu malmène son chewing-gum. Nos adversaires tournent en rond, comme des lions en cage.

Ce soir, ils jouent leur sixième demi-finale.

Nous, c'est la première depuis près de trente ans.

Les favoris, ce sont eux et ils le savent.

Corver et les juges discutent, consultent leurs montres. Le suspense monte – secondes insoutenables. Les derniers supporters se bousculent, se pressent de s'asseoir. Banderoles, bières et sandwichs ; tout est prêt pour le spectacle. D'un côté, la RFA soucieuse de conserver son monopole et de l'autre, notre France bien décidée à s'affirmer.

Michel et Kaltz se placent dans le rond central. Les juges se postent chacun en touche, après quoi Corver lance la pièce. Elle virevolte, puis rend son verdict : coup d'envoi pour eux.

Je lorgne vers René et Jeff, dans les tribunes. Deux ténors du foot, parmi les spectateurs. Le premier s'est fait une raison, le second n'y arrive pas. Privé de demi-finale et surtout de feuille de match, notre Jeff national est relégué avec les anonymes.

Je sais pourquoi, mais ce n'est pas le moment d'y penser.

Je me tourne vers Christian, sur le banc. Mon voisin de chambre, qui sait toujours me rassurer quand je flippe. Il me fait un signe de la tête : « Je suis avec toi, mec. » Je retiens ma respiration, l'arbitre siffle et les fauves sont lâchés.

I

France Vs. RFA

Chapitre 1

21 heures

*« Personne ne volera ma tête,
Maintenant que je suis à nouveau sur la route. »*

DEEP PURPLE, *Highway Star*
Made in Japan, 1972

16 août 1972, Osaka. Hendrix a embrasé Monterey, Santana a vaudouïsé Woodstock, au tour de Deep Purple de sévir ce soir. Au sommet de son art, le groupe s'apprête à livrer son deuxième concert devant des milliers de Japonais déjà conquis. Cette nuit sera anthologique, ils le savent. Depuis ce matin, les journaux et télés sont dithyrambiques quant à la performance livrée hier par les Anglais.

Après tant d'attente, le public les voit enfin apparaître. Chacun se place, sous les applaudissements. Gillan saisit son micro, Blackmore aiguise sa guitare, Paice règle sa batterie. Ses baguettes caressent les fûts mais l'intro ne naît pas ici, elle vient de l'orgue. Elle se cherche sept secondes et se trouve, épique. La batterie martèle – « *A song called Highway Star !* » – puis la guitare fait le reste. Ce sera ainsi durant trois heures au terme desquelles le public japonais connu pour sa retenue sera debout, survolté. Il en restera un album mythique, baptisé *Made in Japan*.

Dix ans après, à Séville,
la RFA fait son *Made in Spain*.

Guidée par Kaltz, elle prend le contrôle et s'élance, *à nouveau sur la route*. Les Allemands nous frôlent pour qu'on sente le ballon, l'éloignent pour qu'on le désire.

La plupart sont barbus et moustachus ; de « vrais » hommes. Nous, on ressemble à des ados avec nos maigreurs. Gérard, Bernard et Jean-Luc ont bien des moustaches mais elles sont petites, de quoi appuyer leurs sourires pour les rendre plus sympathiques. Et ce soir, ce n'est pas ce qu'on attend d'eux.

La meute nous fait courir, de dribbles en dégagements, lorsque Jean passe à l'action. Il fonce dans le tas et – hop ! – Manu enchaîne avec autant de talent : 20 ans et l'aplomb d'une vie. Les autres l'attaquent ; premier heurt entre l'aigle et le coq. On y laisse tous des plumes, après quoi Maxime dégage en touche.

Je m'approche pour anticiper la reprise adverse. Le tir est contré par Jean, qui le renvoie loin devant. Pas assez, puisqu'il revient avec l'un des frères Förster. Je fuse, mais Kaltz repart avec mon dû. Mes potes se referment sur lui. Il fait une passe que Bernard intercepte, et Michel entre en scène.

Le nouveau prodige du foot français.
Le fils d'immigrés.

Il est lancé, porté par son histoire. Trop d'injures, de « nain » à « rital ». Trop de blessures, du pied au ménisque. Trop de mauvais souvenirs : US Valenciennes-Anzin, 72. Sur le banc, pendant cette émeute. Jets de canettes, crachats, insultes... et Michel, témoin de cette violence reçue en pleine face. Toute cette rage, aujourd'hui dans ses jambes.

Il fait une passe, récupère, poursuit sa progression. Mètre après mètre, il peint la pelouse en bleu-blanc-rouge. Dremmler garde la dernière teinte, le taclant jusqu'au sang. Michel perd le ballon, saute sur une jambe. Ils repartent et nous obligent à reculer pour protéger notre goal. Déjà – le mot d'ordre en ce début de match : déjà dépassés, déjà dominés.

2e minute.

On se rebiffe.

L'orgueil et l'envie ; leur montrer de quoi on est capables. Honorer nos aînés – Kopa, Fontaine et les autres, nos modèles lorsqu'on était gamins. Les idoles qu'on deviendra ce soir, pour les générations futures.

Gérard attaque, labourant le terrain à une vitesse folle. Je m'engage dans son sillon. On reprend le ballon, il nous échappe. Ce ballon de foot que je veux français, mais qui reste allemand à en devenir *Fußball*.

Soudain, un effroyable claquement. Je me retourne et, au loin, vois bouger le sol. Tremblement de terre. L'herbe fléchit, s'anime en remous jusqu'à moi. Les vibrations gagnent mes orteils, mes cuisses, mon torse, mes nerfs optiques. Un battement de cils, et je découvre Dremmler aux pieds de Michel. Œil pour œil.

Sifflet de l'arbitre, huées de leurs supporters. Ils ont raison mais ça va, leur joueur s'est relevé. Coup franc. Magath s'en charge et passe à Kaltz, qui cible notre goal. Toute la tension est sur Jean-Luc, alourdie d'un impératif : faire ses preuves. Il a beau être l'une des pépites de l'AS Monaco, il a mal démarré ce Mondial en se prenant trois buts par les Anglais.

Et là, Kaltz s'apprête à lui porter le coup de grâce. Impact dans cinq secondes.

5 : il accélère.

4 : Jean-Luc est à l'affût.

3 : Kaltz plie la jambe.

2 : Jean-Luc tend ses mains gantées.

1 : Kaltz tire de toutes ses forces... à côté. Les filets vibrent autant que les spectateurs, à commencer par les Espagnols. Depuis le début du Mondial, ils se lâchent. Pas seulement une question de tempérament. Ils sont animés par autre chose, un truc que nos supporters les plus dingues ne connaissent pas : la saveur de la vie retrouvée, dans ce pays libéré de Franco depuis seulement sept ans.

Jean-Luc recule et fait rouler ses bras. Sa mission – tirer le plus loin possible pour qu'on franchisse enfin leur zone. Il dégage puissamment, altérant la chaleur en mistral. Une tête et Maxime transmet à Alain, qui passe à Jean. Il surfe sur la pelouse, se retrouve cerné. De gigantesques cyclopes face à cet Ulysse, qui se libère tant bien que mal. Il tire, le ballon heurte l'un d'eux, rebondit.

Et là, Briegel l'emporte avec lui.

La même échappée qu'à Hanovre, avant qu'il ne marque son but.

L'un des meilleurs défenseurs de notre génération, ancien athlète. Quand je jouais au foot dans ma cité avec des chats pour seul public, Briegel brillait au décathlon, acclamé par son peuple.

On le traque, il transmet à Dremmler qui TIRE ! Nouvelle occasion manquée et corner – le premier. Kaltz se positionne, regarde notre goal, repère les siens et shoote. De la tête, Jean dévie le ballon. Il passe d'un pays à un autre en un incessant méli-mélodrame. Le sortir. L'expulser de notre zone, où leurs attaquants s'obstinent. Nos pieds claquent, nos épaules ripent. On se démène et l'un de nous – j'ignore qui – éloigne enfin le danger.

4e minute.

À peine ai-je repris mon souffle que les Allemands reviennent. Ils nous obligent à reculer, encore. Je suis perdu. Quoi qu'on fasse, on reste prisonniers de notre propre camp et de sa canicule. Didier a sa solution. Il se lance, les pieds en avant. Il échoue mais les fait suer, et c'est bien. Sacré gars, la même impulsivité que moi.

Manu s'emporte à son tour, dopé par ses gènes : natif de Nîmes et originaire de l'Espagne, de quoi être doublement sanguin quand l'instant l'exige. Il s'attaque à Littbarski, l'envoyant au tapis. L'arbitre signale la faute, appelle les médecins. Ils accourent, Littbarski se relève et leur fait un « non » de la main. Ce geste s'adresse en fait à nous – « Non, vous n'irez pas en finale. »

Et non, le coup franc n'accouche pas d'un but. Bravo Gérard. Sa tête projette dans le camp adverse, que l'on franchit pour la première fois. Nos supporters applaudissent. Parmi eux, il paraît qu'il y a des « grands » comme Ventura. J'espère lui serrer la main après le match... si j'ose le faire.

Devant sa cage, Schumacher se prépare à notre assaut. Stielike tente sa chance, mais envoie en touche. Un soupir et ça reprend avec Marius, puis Gérard.

Guadeloupe et Martinique : sœurs ennemies, vagins préférés du colonialisme.

L'une méprisée par l'État français, l'autre très prisée par ses touristes.

Deux faces pour une même exploitation.

Eh bien, ce soir, les DOM-TOM refont l'Histoire. Unies comme le sont Manu et Didier, qui fait une formidable percée. Alain récupère, si petit face aux géants Allemands. Il les esquive, se rapprochant de leur goal. Alain tire, le ballon lui revient et il réplique par un lob flamboyant ! Oui, mais sans but à la clé. Le ton est donné : leur puissance contre notre technique. La RFA de centre-droit contre la France socialiste. Le pragmatisme de Schmidt contre l'idéalisme de Mitterrand, l'homme qui veut « changer la vie[1] ».

Mais les autres en ont aussi, de la technique. La preuve avec Breitner, Magath, puis Kaltz. Il s'attaque à Bernard. Un coup de pied et mon pote s'écroule ; sa cheville se tord en guimauve.

---

1. Titre de l'hymne du Parti socialiste en 1977, lors du congrès de Nantes.

Ce n'était pas un tacle, mais une agression. Mimi l'a vu...

(MARDI 23 MAI 1978)

... crispé sur le banc. L'arbitre siffle, mon pote se relève et boite. On vient de débuter que l'un de nous est déjà fragilisé. Sans compter Dominique et son genou.

Ça promet.

Chapitre 2

21 h 08

« Comme la foudre avant le tonnerre,
La buse s'abat sur sa proie avant qu'elle ne réagisse. »

ARMAGEDDON, *Buzzard*
Armageddon, 1975

Je m'inquiète pour Bernard. Ça doit se voir, puisqu'il simule un sourire destiné à me rassurer. Il a dégusté, mais sa cheville nous a offert un coup franc. Dominique s'éveille – ses cheveux bruns et bouclés, ses sourcils qui noircissent son regard de vainqueur. « L'ange vert », comme l'ont surnommé nos journalistes. Ça le gonfle, je n'ai jamais compris pourquoi.

Lentement mais sûrement, on reprend l'ascendant. On les bouscule, frotte nos peaux transpirantes. Ce stade est un sauna en plein air ; putain d'été espagnol. 21 heures passées et le soleil persiste, comme un vieux député s'agrippe à son fauteuil.

Soudain, leur défense déploie ses ailes et *la buse s'abat sur sa proie*, arrachant le ballon. Les as de notre « carré magique » réagissent. S'ils étaient musiciens, leur groupe serait Téléphone.

Michel, le leader.

Alain à la guitare solo, avec son jeu subtil.

Jean à la batterie, lui qui déborde d'énergie.

Bernard à la basse, discret mais essentiel pour solidifier le tout.

Et gare à ceux qui méprisent leur œuvre : la simplicité n'a jamais empêché la profondeur et la leur est en prise directe avec la réalité. De Téléphone au « carré magique », nous sommes décomplexés, prêts à prouver au monde entier que le rock et le foot peuvent être français.

8e minute.

Il s'ensuit un long ping-pong entre nos patries, j'en ai la tête qui tourne. Tourne. Tourne dans le ciel, d'où le ballon retombe. Michel le capture, le transmet à Alain et but ! Non, un « presque but » qui a fait frémir leur peuple. Pas besoin d'être à Berlin pour savoir que le mur a tremblé.

Mais il résiste. Bâti en une nuit, ancré dans l'éternité. Si Magath et les siens sont à ce point motivés, ce n'est pas pour rien. Le temps a passé, mais le spectre d'Hitler est toujours là. Un demi-siècle de culpabilité et de traumatisme – c'est leur moteur. Remporter le Mondial et montrer à la planète que les Allemands savent être grands en restant dignes.

Alors, quand Littbarski retombe, il est furieux. L'arbitre siffle la deuxième faute de Manu. Une autre connerie et c'est le carton. Après le coup franc, Manu se rachète puis slalome tel un skieur sous amphétamines. Kaltz le retient, il n'a pas le droit mais s'en fout. L'arbitre aussi, visiblement.

Ils remontent et nous démontent, joueur après joueur. On se referme sur eux, ils permutent et repiquent dans l'axe. Littbarski tire fort, mais à côté. La remise en jeu est brutale, autant que leur riposte. À les voir ainsi, je réalise que notre « presque but » les a fortifiés. Ils durcissent le ton, conformément à ce que leur entraîneur leur a dit, sur le conseil de Beckenbauer : « *Jouez dur, les Français détestent ça.* » Je le sais puisque l'info a filtré. Relayée par les journalistes et intégrée par ces joueurs, devenus guerriers.

Manu et Kaltz s'affrontent à nouveau. Retrouvailles tout en dribbles, puis en touche. On relance, Kaltz fait à nouveau sortir le ballon. Action déroutante de la part de cet homme au jeu millimétré. Il est à cran, tout simplement. Manu envoie à Alain qui passe à Marius, puis Jean.

Le Malien exilé à Marseille.

Le petit maigrichon du quartier des Caillols.

L'ancien facteur de cette ville trahie par ses élus, rongée par le chômage.

Dans le cœur de Jean, il y a le lever du soleil sur l'Estaque, le sable caramel de la plage du Prophète, les apéros chaleureux entre « fadas », mais aussi les toxicos de Belsunce, les putes de la Canebière, les ordures entassées dans les cages d'ascenseur de Félix-Pyat. L'antique Massalia, qui aime l'étranger comme son propre fils mais peut le tuer s'il cause pendant une partie de pétanque. Jean est tout ça à la fois, généreux et féroce. Et s'il a mauvais caractère, ça va de paire avec son ardeur.

Notre progression culmine avec Dominique : une foulée et la terre devient trampoline. Il fait une tête plongeante. Grandiose. Nos supporters se lèvent mais le but est volé par une autre tête, celle de Förster. Ça aussi, c'est grandiose, même si ça me fait chier.

12e minute.

Nouveau corner pour nous, nouvelle crainte pour eux. Oui, on est là et bien là. « J'y suis, Giresse », semble dire Alain, avant de tirer. Le ballon nous revient et leur goal l'expulse. Couillu, ce Schumacher. Il paraît qu'avant, il était forgeron ; un habitué de l'effort qui ne craint pas de transpirer. Or, il s'est trop avancé, délaissant sa cage. Michel fonce et MAIS NON car le foot devient rugby. Incroyable mêlée, dont j'extrais le ballon.

Fischer me le reprend et fait du terrain sa patinoire. Gérard le tacle, provoquant sa chute. L'arbitre l'interpelle durement. Mon pote a merdé, mais ce n'est pas une raison pour lui parler sur ce ton. Peut-être que Corver est mal luné, ce soir. Peut-être aussi qu'il n'a pas digéré que son pays ait été privé de Mondial, et pour cause : c'est nous qui l'avons sorti. Cette Coupe, c'est grâce à Didier qu'on la joue. Son but – le deuxième – nous a ouvert les portes d'un bonheur dont nous n'osions rêver.

On reprend et là, c'est à Michel de faire chuter l'un des leurs. Les esprits s'échauffent des deux côtés. Pour la RFA, trop d'hommes sont tombés. Et ce coup franc à vingt mètres de notre cage, c'est ce qu'ils attendent depuis le début. Dans la ligne de mire, Jean-Luc. Vingt-sept ans et tout à prouver, face à Littbarski. Son regard fixe. Son pied qui frappe...

Jean-Luc saute au son des clameurs des deux pays. Dans les gradins, tonne le public allemand.

... et propulse le ballon...

Mon cœur s'accélère. L'angoisse, en voyant notre goal tendre le bras et échouer.

... qui heurte la barre transversale et rebondit.

Soulagement pour nous, déception pour eux. Finalement, Dieu n'est pas mort. Il est ici, avec nous. On progresse vite et bien, en accord avec ce que Mimi attend de nous : éviter les duels, les autres étant plus grands et plus massifs. Et définitivement meilleurs. Ce que l'on a fait à cinq est gommé par le binôme Förster-Breitner. Ils galopent dans une complicité qui confine à l'alchimie. Le premier passe au second qui tire – NON ! – et ne fait qu'effleurer le succès.

On reprend et j'envoie à Dominique. Il repère Bernard, mais préfère passer à Maxime. Il a eu raison. C'est là que Bernard intervient : du Genghini majuscule, qui se faufile en couleuvre et attaque en cobra. Michel enchaîne, stoppé par Littbarski. Le moins musclé de sa bande, mais ça ne fait pas de lui un Calimero. Oh, non.

Corver siffle la faute, puis le coup franc. J'en profite pour souffler, Didier aussi. Nos regards se parlent :

— *Eh ben, ils sont coriaces...*

— *Mmm.*

Et un coup franc ! Et une occasion manquée pour Bernard. Il s'énerve, d'autant que sa frappe a ravivé sa cheville. Schumacher, lui, fustige les siens.

Ils remontent. Franchissent notre zone. Imposent leur loi, déterminés à ravir leurs compatriotes. Ils en ont bien besoin, deux ans après l'attentat de l'*Oktoberfest* : treize morts et plus de deux cents blessés et une Allemagne traumatisée à vie. Alors oui, ce soir, Kaltz et les siens font tout pour offrir un peu de joie à leur patrie.

Ils avancent, perfectionnant leur jeu à chacun de leur échange. L'inéluctable est freiné à temps par Alain et Jean. Décidément, ces deux-là sont toujours au top, de Bordeaux à Séville. Entre leurs pieds, le foot devient miracle.

Puis, à la faveur d'une touche, quelque chose se produit. Un truc qu'aucun de nous ne comprend et qu'on devine à défaut de voir, tant il est furtif : la passe entre Förster et Stielike, puis Dremmler, Breitner et Fischer. L'un des meilleurs joueurs de ce Mondial, ce qu'il confirme à l'instant. Jean-Luc se jette en avant, glisssssssse et contre le tir.

Bien joué, mec.

Tu l'as prouvée, ta légitimité.

Bien joué, mais le ballon rebondit.

Il rebondit en direction de Littbarski.

Littbarski qui le renvoie entre les jambes de Jean-Luc et marque !

À la 18e minute, il ouvre le score et le stade gronde sous les applaudissements de son peuple. Nous, joueurs et supporters, on baisse la tête.

RFA : 1 – France : 0

Chapitre 3

21 h 19

« Je sais que tu vas m'érafler,
M'estropier et me mutiler. »

IRON MAIDEN, *Phantom of the Opera*
Iron Maiden, 1980

Vacarme démentiel. Après l'affront du but, l'humiliation par le public. Pas seulement leurs supporters ; des Espagnols aussi. Cris. Battements de pieds. La cacophonie s'amplifie et fait le tour du stade, avant de nous péter à la tronche.

Il existe toutes sortes de buts – l'imprévu, l'audacieux, le honteux – mais le pire, c'est le premier qu'on se prend. Celui qui te coupe les ailes, qui plume ton coq prestigieux et te relègue au petit club de banlieue où t'as débuté. Le premier but est un châtiment, et ça fait mal.

Sur le banc, Mimi et Henri font la gueule. Nous aussi, mais on va réagir. On peut le faire. Mon pays peut tout faire. C'est celui des Droits de l'homme et du droit du sol, l'un des premiers à avoir accueilli un Noir – l'exceptionnel Diagne – en sélection nationale : oui, un joueur d'origine sénégalaise a porté nos couleurs dès

31, bien avant nos voisins européens. Et rien que pour ça, je suis fier de ma France.

Certes, elle a ses casseroles et est parfois encroûtée dans son conservatisme, mais elle sait aussi être novatrice. Elle a aboli la peine de mort, augmenté le SMIC et dépénalisera bientôt l'homosexualité. Si mon pays est capable de se renouveler à ce point, il peut bien marquer un but. Ma France est forte et belle...

> « *De plaines en forêts de vallons en collines,*
> *Du printemps qui va naître à tes mortes saisons,*
> *De ce que j'ai vécu à ce que j'imagine,*
> *Je n'en finirai pas d'écrire ta chanson*[1] »

... alors je me rue sur leurs défenseurs, au risque de *m'estropier et me mutiler* à leur contact. Nos chaussures s'écorchent, râpant cuirs et crampons. Je réussis à passer à Maxime, pour qu'il transmette à Marius. Il n'y a pas trente secondes qu'on s'est pris un but et notre revanche se profile déjà.

Les autres s'activent, sauf Breitner. Il semble détaché. Curieux, de la part de l'un des meilleurs footeux du monde. La grande gueule qui a souhaité face aux caméras la défaite des Ricains au Vietnam. Paul Breitner, l'ambigu aux salaires exorbitants qui se réclame de Marx. Eh bien, ce soir, « Paul l'intellectuel rebelle » joue au touriste. Il s'économise, attend son moment de gloire.

Notre « carré magique » refait sensation. Dremmler s'interpose et s'écroule, Schumacher

---

1. Jean Ferrat, *Ma France*, 1969.

l'aide à se relever. Nous, on repart car leurs attaquants se sont depuis rapprochés de notre cage. Le ballon est repris par Michel. Il fonce, seul comme un grand, ce grand joueur qu'il est. Seul et isolé, puisque Dominique est hors-jeu.

Littbarski récupère et, auréolé de son succès, nous esquive un à un. Stielike → Briegel → Kaltz → Breitner. Manu l'attaque, envoie à Dominique. Celui-ci remonte sans se presser, laissant Manu le dépasser pour qu'il réceptionne. Une belle passe, sobre et efficace, dont Dominique a le secret. Son regard et celui de Larqué se croisent...

(1976)

... en souvenir de la Ligue des Champions. Match aller face au PSV Eindhoven. Faute sur Dominique et coup franc victorieux de son pote...

(1982)

... quand Stielike accélère. Il tente de déstabiliser Manu, qui commet une autre faute. Coup franc pour eux, après quoi ils repiétinent notre zone. Leur point ne leur suffit pas, ils le veulent au pluriel et nous bombardent.

On reprend le ballon, on le reperd, on le retrouve et Jean l'entraîne dans leur surface. Notre but passe du fantasme au possible : Schumacher stresse, avant d'être sauvé par Stielike. Lui aussi, c'est un bon. Je suis sûr qu'en dehors des matchs, il est doux comme un agneau. Et avec sa moustache, on dirait un Gérard Jugnot bis.

Remise en jeu. Marius transmet à Jean, qui envoie à Michel. Il glisse alors non, aucun but. Mais celui-ci, contrairement aux précédentes tentatives, je l'ai senti. Son parfum de victoire me motive davantage. Le point va venir. J'ignore quand mais il est là, tout près.

De Dremmler à Magath, d'Alain à Dominique. Il a surgi de nulle part, éternel aventurier. Il nous l'a toujours dit : s'il n'était pas footballeur, il serait marin. Dans cette vie-là, Dominique court pour gagner. Au fil des mètres, il amorce son décollage. Une impulsion, et son jeu devient aérien. Il survole le terrain en apesanteur...

23e minute.

... puis regagne le sol, obligeant leurs défenseurs à se replier. Le ballon part en touche, après quoi Littbarski le donne à Fischer.

Caméléon, je m'adapte et attaque l'attaquant. Dans son dos, je le travaille au corps. Fischer se déchaîne. Pendue à son cou, sa chaîne en or claque à répétition. Nos pieds, nos nerfs bataillent. Il me repousse en s'aidant de son cul, l'arbitre siffle la faute. Bernard reprend, suivi de Jean, puis Manu.

Sueur.

Eau.

Rivière.

Torrent.

Raz-de-marée, repoussé par Förster. Karl-Heinz, pire que son frère. Indestructible, il n'a aucun mal à faire échouer Manu. Mon pote joue son corner, le ballon fait un arc dans le ciel, Schumacher se jette et l'emprisonne entre ses mains.

Il relance au loin, jusqu'à Dremmler. Celui-ci envoie à Breitner, qui s'éveille au grand bonheur de son pays. Il contrôle et tire. Frappe ratée

– cadeau pour nous. Alain échange avec Michel, Maxime prend le relais, puis Jean. Trop rapide, il est emporté par sa vitesse. Notre nouvelle incursion a été savante mais vaine, et ils vont nous la faire payer.

Kaltz mène la danse. Nous, c'est toujours à plusieurs qu'on remonte mais lui, il le fait en solo. Ces longues courses, les Allemands les adorent car elles nous fatiguent. Il fait une passe à Magath, qui rate la sienne. Touche pour nous. Remise en jeu. Touche pour les autres. Quelque part, une trompette hispanise l'instant. Et des cris, à m'en dynamiter les tympans.

Fischer se poste sur l'aile droite. Gérard le traque au plus près et leurs maillots se flagellent jusqu'au corner. Littbarski se prépare à tirer, Gérard apostrophe Manu :

— PUTAIN ! T'ÉTAIS OÙ ?

— Désolé...

Premier clash ; il y en aura d'autres. On se place, Littbarski tire et échoue face à Jean. On se retrouve autour de l'arbitre, témoin de nos combats acharnés. Il siffle : faute de Kaltz, qui vient d'écarter Bernard. Nouvel accroc entre eux, nouvelles tensions entre nous tous. Ça fait beaucoup à moins d'une demi-heure de jeu.

L'arbitre nous sépare, Bernard la ramène. Arrête, mec, déconne pas. Les arbitres détestent ça. Corver le prend à partie – « *Rustig*[1] *!* » – en retrouvant sa langue maternelle. Tête baissée, mon pote continue de vociférer. D'une main autoritaire, Corver lui remonte le menton et le fixe. Bernard capitule.

---

1. « Du calme ! »

Le match croyait se reposer, profitant de cette altercation, mais il reprend. Ah non, coup franc. C'est Alain qui s'y colle. Un peu d'élan et beaucoup de grâce avec ce ballon piqué. Il retombe vers Michel qui, de la tête, l'envoie vers Dominique. Il plonge et un coup de tonnerre retentit. Nos supporters – certains sautent de joie, d'autres se prennent dans les bras en hurlant.

Je ne comprends pas. Je n'ai rien vu, « le grand Max » était devant moi. Je me tourne vers Schumacher ; rien dans les filets. L'arbitre accourt et j'entends que l'un des Förster a retenu Dominique. Penalty, donc. Une occasion en or, qui revient à Michel.

Le responsable subit les foudres de ses équipiers. Schumacher montre les crocs, il essaie d'intimider notre capitaine. Ça ne marche pas. Je connais Michel : ce penalty, il l'a déjà tiré dans sa tête. La colère et l'inquiétude de leurs supporters s'unissent en boucan pour le déconcentrer. Il résiste, je le vois dans ses yeux.

Il embrasse le cuir, le pose au sol.

Schumacher attend, le regard noir.

Michel recule, puis s'arrête.

Schumacher se prépare à bondir.

Tout le monde retient son souffle. Deux pas, un saut, puis un autre et Michel s'élance, propulsant le ballon à ras du sol jusque dans les filets. But ! Mes tripes me montent à la gorge. Je bande, je saute et enlace Michel, aux bras levés.

On le serre fort.

Nos lèvres baisent les siennes.

Très fort.

Nos doigts traversent sa peau, étreignant son âme.

Trop fort, et on le libère pour qu'il respire.

Étonnamment paisible, il court. Heureux ? Non, juste satisfait d'avoir égalisé. Le bonheur, ce sera quand on aura gagné. Michel ou la raison incarnée. *La force tranquille*, c'est lui et son but s'adresse avant tout à Goddet, le boss de *L'Équipe* : une réponse à leur question « Les Bleus sont-ils meilleurs sans Platini ? » après notre victoire contre l'Autriche en l'absence de Michel.

La Mannschaft accuse le coup. Nos supporters, eux, se font l'écho de ce qui se passe en ce moment au pays. Des millions de gens, fusionnés dans la liesse. D'ouvriers en patrons, de socialistes en giscardiens, d'immigrés en racistes. Unis à faire trembler la tour Eiffel. Tous unis, et tant pis si l'alcool aide un peu.

RFA : 1 – France : 1

Chapitre 4

21 h 27

*« Je le veux, je le veux, je le veux !
(Tu ne peux pas l'avoir !) »*

THE WHO, *Magic Bus*
Live at Leeds, 1970

Impressionnants, ces Allemands. Ils étaient abattus, les revoilà dans la course. À la différence que, là, on ne les subit plus.

Ça y est, on a le même tempo. Trente-six secondes de balance, et ça groove enfin. Le véritable match débute maintenant et on le joue comme une finale. Ils avancent, on les fait reculer. Le public nous craint et nous glorifie. Qu'il est beau, mon drapeau, lorsqu'il est agité de mille confiances.

Tandis que s'amorce le crépuscule, Stielike repasse à l'action. Ce ballon, *je le veux, je le veux, je le veux* mais Förster me le vole. Dominique s'attaque à lui – retrouvailles tendues. Ils se harcèlent en chiens enragés et là, c'est à mon pote de commettre une faute. Sifflet de l'arbitre. Dominique palpe son genou bandé. Ça veut dire « J'ai mal », donc moi aussi.

La RFA relance de culot en menace, de tir en échec. Jean-Luc est sorti de sa cage, mollement. S'ils avaient été plus réactifs, on se prenait un deuxième but. Notre goal en est conscient et fuit nos regards. Il dégage → Gérard → Alain → Dominique → Kaltz. Ça traque, tourne, transpire dans notre zone.

Magath poursuit, gagnant en agressivité au fil des mètres. Il devient taureau, Maxime s'interpose en *Mad Max*. On reprend l'avantage, lorsque Breitner surgit. Il contrôle le ballon, puis le propulse vers Jean-Luc qui le stoppe ! Sur le banc, nos remplaçants l'acclament. Notre autre goal, lui, oublie sa jalousie le temps d'un sourire. Et cette connivence, même fragile, fait du bien.

30e minute.

On repart, guidés par Michel. Leurs supporters hurlent, rejetant en bloc notre équipe. Notre nation, notre gouvernement, nos ministres communistes. Ils ont peur de tout ça, comme mon pays a flippé à l'élection de Mitterrand. Tous ces cons, qui ont paniqué et planqué leur fric en Suisse. Mais nos cocos n'ont rien de stalinien, Fiterman l'a prouvé le mois dernier : grâce à lui, les travailleurs se feront bientôt rembourser la moitié de leur titre de transport par leurs patrons...

... et notre capitaine progresse. Il envoie vers Didier qui, je le sens, va encore faire des merveilles. Ouais, un sacré joueur, même s'il est à part dans notre bande. Moins déconneur que Michel, moins bavard que Marius. Possible qu'on l'ait quelque peu exclu, involontairement.

Peut-être parce qu'il joue à Stuttgart avec les frères Förster. On adore Didier, même si ça fait bizarre de le voir avec « l'ennemi ». Difficile d'accepter ça. Difficile pour lui de se faire une place face à nos amitiés, mais il ne nous en a jamais voulu.

Manu vient de Nîmes.

Jean vient de Bamako.

Didier vient de Lille, un pur enfant du Nord.

Inutile de développer, ça a été chanté avec talent – « *Mon père était "gueule noire" comme l'étaient ses parents, ma mère avait les cheveux blancs, ils étaient de la fosse comme on est d'un pays, grâce à eux je sais qui je suis*[1] » – et Didier repart au charbon. Son pote de Stuttgart, Karl-Heinz, le talonne. Étrangeté du football, où les sentiments changent au gré des maillots.

Corner pour nous, échec, nouveau corner tiré par Alain. Le ballon et Marius ne font qu'un, sans toutefois accoucher du moindre but. On y a cru et on est bien les seuls. Schumacher n'a même pas tremblé.

Les siens passent à la vitesse supérieure. D'abord Dremmler, puis Förster, Breitner et Fischer. Les *4 Fantastiques* d'une épopée dont nous sommes exclus, quand Maxime renvoie vers l'avant. Nos actions s'intensifient, épuisantes mais grisantes. Ça dure longtemps, très longtemps, jusqu'à la chute de Jean.

Recroquevillé sur le flan.

Les yeux plissés.

La main sur sa cheville, examinée par deux médecins.

---

1. *Les Corons*, Pierre Bachelet, 1982.

Le coupable, c'est Dremmler. Il s'en veut. Quant à Schumacher, il paraît insensible au sort de mon pote. OK, on se bat pour la finale et tout ça n'est que du sport, mais ce goal est différent des siens. De minute en minute, il se radicalise. Sa dernière relance était sèche.

Jean se rétablit. Les toubibs sortis, on reprend. Jean boite et j'emboîte le pas à Marius pour donner à Gérard. Il bloque le jeu, scrute, attend de voir ce que les autres lui réservent. Eux aussi, ils attendent. Guerre psychologique, qui fait de ces deux secondes un siècle suspendu.

Puisqu'il ne se passe rien, Gérard envoie à Jean, de retour malgré sa cheville. Marius enchaîne, puis Manu et... Michel a cherché le but, il a trouvé Schumacher : coup de coude dans la cuisse. Un coup volontaire puisque leur goal avait déjà le ballon en mains. Tandis que Michel masse son muscle, nos supporters sifflent Schumacher. Qu'ils se lâchent – moi, je n'ai pas le droit.

34e minute.

Ils nous refont une longue course. Occasion ratée pour Littbarski, faute pour Alain. Il était si concentré sur ses pieds qu'il en a oublié sa main. Il proteste face à l'arbitre. Et voilà, Corver lui colle un carton jaune. Une connerie de plus et on sera privés de lui. Sur le banc, Mimi le fusille du regard.

Nous, on est perturbés par cette sanction. Les autres le sentent et nous volent dans les plumes. Mais si le coq est fier, il peut aussi être teigneux. On le leur prouve, même si on commence à fatiguer ; eux aussi. La machine s'enraye, le ciel et les humeurs s'assombrissent. Dans les tribunes, la passion fait place à la bêtise, d'une injure à une canette lancée.

Michel remonte. S'arrête. Comprend qu'il est piégé. Il transmet à Gérard, Magath récupère. Maxime le balaie et passe à Didier. Il envoie vers Manu, qui court vers le ballon. Vite, aussi vite que leur goal. Deux torpilles, convoitant la même cible. Plus qu'une seconde avant de savoir lequel des deux atteindra le... c'est Schumacher. Visiblement, ça ne lui suffit pas puisqu'il va bousculer Manu. Deuxième provocation, après s'être payé notre capitaine. Manu râle, ne comprend pas pourquoi lui a dû cesser ses conneries alors que l'autre continue les siennes.

Kaltz et Briegel me donnent le tournis. Et Fischer, devant notre cage. Il veut inverser la tendance, ce que fait Maxime. Jusqu'à présent, il est le meilleur d'entre nous : quand le destin dit « oui », Maxime frappe « non ».

Corner.

Échec pour nous.

Relance.

Touche.

Échec pour eux.

Depuis le début, tout se répond. Il y a de quoi devenir fou, mais je tiens bon. Michel sublime le terrain en scène du Bolchoï. Jean enchaîne, Dominique plonge. Attroupement puis capharnaüm, tant de beauté pour en arriver là. Schumacher bloque le ballon et se laisse tomber sur Didier – « AÏE ! » –, l'écrasant de tout son poids. Nouvelle provoc, jamais deux sans trois.

— NON, MAIS OH ! s'énerve Didier.

— *WAS? WAS IST DAS ?*

J'ignore ce qu'il veut, ce fichu goal, mais il y tient. Didier se rétablit en se tenant à Schumacher, qui le repousse. Cet acte, tout le monde l'a vu, de l'arbitre à Mimi...

(MARDI 23 MAI 1978)

... en passant par Briegel, aux premières loges. Contre toute attente, il n'intervient pas. Il les regarde s'engueuler et bloque Didier avec ses mollets.

Stielike recadre son pote, fustigé par Didier. Corver intervient, impuissant. L'atmosphère s'échauffe, carbonise ce qui nous restait de raison. Un coup va partir ; plusieurs. Je repense à Chili-Italie 62. Bastons sur gazon. La Bataille de Santiago, à laquelle m'arrachent des éclats de voix. C'est Michel – « T'AS FINI, OUI ? » – face à Schumacher.

Corver ordonne notre dispersion et clôt l'incident d'un geste apaisant. D'une main sereine à une autre, énervée : celle de Schumacher, qui jette le ballon avant de remettre en jeu.

40ᵉ minute.

Kaltz récupère. Je le suis du regard, cligne des yeux et le retrouve dans notre zone. Bernard lui fonce dessus, provoquant sa chute. Kaltz se plaint aux pieds de celui qu'il avait envoyé au tapis.

Bernard n'en tire aucune gloire. Son tacle, il ne le comprend pas, ce n'est pas lui. Dérouté, comme le serait Schumacher s'il méditait son attitude. Mais ce goal n'est pas con. Il sait qu'en étant agressif, il risque l'expulsion. Et on ne franchit pas autant d'étapes pour tout saborder en demi-finale.

Si Schumacher a été violent avec Didier et si Bernard l'a été avec Kaltz, c'est qu'il y a autre chose. Une force occulte qui attise nos pulsions. Même Corver – connu pour son self-control – a craqué. Ce poison, chaque fois qu'on touche le cuir. Ça a débuté par des fautes et des bousculades, ça a empiré depuis qu'on a égalisé. Je pressens un truc terrible.

Après Alain, Bernard écope d'un carton jaune. Une épée de Damoclès qui pèsera sur nous jusqu'à la fin. Deux médecins se précipitent en direction de Kaltz. Il s'empare de la bouteille qui lui est tendue. Boire. Boire. Boire et se régénérer pour nous faire payer ce tacle, perçu comme une vengeance. Vingt secondes après le dernier affront de Schumacher, ce ne peut être que ça.

Kaltz se trompe. S'il connaissait Bernard, il saurait que c'est un gars adorable. En plus, il a une vraie tête d'ami. Le genre de pote qui peut passer à l'improviste et qui jamais ne dérange. Mais Kaltz ne sait évidemment rien de tout ça et quand bien même, il s'en foutrait. Ce qui l'intéresse, c'est de réussir son coup franc.

Trop pressé.

Trop fort.

Trop haut pour Fischer.

Didier dévie en touche, Magath joue et perd face à Dominique. Mon pote parvient à semer ses poursuivants, transmet à Michel. Qui tire. Qui échoue, puis tombe à genoux.

Schumacher dégage au loin et là, ils nous font la leçon. Le foot, dans ce qu'il a de plus virtuose : Littbarski → Förster → Dremmler → Briegel → Breitner – un véritable commando. J'essaie de m'interposer, en vain. Marius y parvient et passe à Alain, mais Breitner renvoie à Briegel qui retourne le ballon. Jean-Luc l'expulse des deux mains, Magath accourt, Maxime surgit à temps.

Corner pour eux. Voilà bien deux minutes qu'ils sont dans notre surface. Ces gars-là ne lâchent rien ; Jean non plus. Son tir aère notre champ d'action. Michel retente sa chance mais il est seul, privé d'ailiers.

45e minute – temps additionnel.

Dremmler et ses potes, encore. La même combinaison, dans le désordre. Un faux désordre destiné à brouiller les cartes, celles d'un jeu qui nous est imposé. Ils ne s'engouffrent pas, ils nous pénètrent.

Maxime nous sauve, impérial. Son intervention n'aura été qu'un répit, le danger étant toujours chez nous. Je m'en empare et envoie à Jean : loupé – Förster bloque, fait une longue frappe et TÊTE DE LITTBARSKI !!! Jean-Luc repousse le ballon, avant de le rattraper.

Il relance, après quoi Corver siffle la fin de... non, il signale un hors-jeu. J'ignore pour qui et je m'en fiche. Je me focalise sur Breitner, quand l'arbitre siffle à nouveau. Voilà, le premier acte s'achève sous les ovations du public où beuglent des connards éméchés. Et moi, après trois quarts d'heure de course ininterrompue, j'expire enfin.

Score première période : 1 – 1
Cartons jaunes : 2 pour la France.

Chapitre 5
21 h 54

« *Respire, inspire l'air,*
N'aie pas peur de t'en faire. »

PINK FLOYD, *Breathe*
Dark Side of the Moon, 1973

C'est bon, l'eau. Vitale et pourtant si humble. Incolore, inodore, elle a la transparence des talents complexés. Si elle pouvait parler, elle dirait « Régalez-vous, faites comme si je n'étais pas là » alors qu'elle est essentielle pour nous.

Mais on est indignes d'elle. Ingrats, on ne pense à l'eau que lorsque l'on en a besoin. Une pute qu'on sonne, qu'on bourre et qu'on jette. Mais elle est notre Madone à tous. Ce soir, je la célèbre avec respect et m'en abreuve. Les mains sur le robinet, je la laisse me réconforter.

Après la gorge, les cheveux.

Les gouttes s'y plongent, me massent le crâne.

Ensuite, le visage.

Ma peau respire, ravivée des tempes aux joues.

Enfin, la nuque.

Les yeux fermés, je reste ainsi jusqu'à ce que mes cervicales soient anesthésiées d'extase

– « *Respire, inspire l'air* » –, cette voix apaisante. Je tourne le robinet et fixe le miroir. Reflet dégoulinant. Yeux cernés. Incisive droite abîmée. Cette entaille, au coin, qui a pourri mes années collège. Les moqueries des autres me reviennent, tout ce brouhaha… dans le vestiaire, où mes potes changent de maillots.

Maxime et Marius sont côte à côte, sur l'un des bancs. En face, adossés contre le mur des douches, Alain, Didier et Dominique. Près de l'entrée, Michel, torse nu. Un café à la main à défaut d'une clope. Les autres sont au thé. Moi, je n'ai encore rien pris.

Dans le coin, Mimi parle à Jean-Luc. Toujours pareil : après le débrief général, les conseils persos. Je n'entends pas ce qu'il dit, mais il doit être en train de le féliciter. Le pousser à s'affirmer. Mimi est plus qu'un sélectionneur, c'est un mentor. Comme Aristote a jadis éveillé Alexandre le Grand, le boss nous tire lui aussi vers le haut pour nous inscrire dans l'Histoire. Il ne se contente jamais d'un « C'est bien », il dit « C'est bien, mais vous pouvez faire mieux ». Les gens comme lui sont rares et, dans mon entourage, ils se comptent sur les mains d'un lépreux.

« Tu veux un thé ? »

Je me retourne. Notre toubib est devant moi, un thermos dans une main et un gobelet dans l'autre. Pour les médias, il est « l'illustre Dr Vrillac ». Pour nous, c'est Maurice. Toujours là pour soulager avec ses soins et ses mots. On peut parler de tout avec lui – nos blessures évidemment, mais aussi nos angoisses et l'absence de nos familles – sauf de *sa* guerre d'Algérie. Je lui réponds enfin :

— Plutôt un café.

— Ah, et en souriant : je vais négocier ça avec Michel.

— Je m'en occupe.

— OK. Dis, t'as assuré tout à l'heure.

— Merci.

Il rejoint les miens. Marius lui tend son gobelet, auquel il ajoute une cuillerée de miel. Son geste traduit la détente qui règne ici, cette douce atmosphère de bistrot. Bien sûr, si on n'était pas revenus au score, ce serait différent. Comme à Bilbao, après la victoire des Anglais. Ce soir-là, Mimi a gueulé. Le vestiaire s'en souvient encore.

Michel enfile son nouveau maillot. J'en profite pour m'emparer de la cafetière. Il m'a vu, je me mets au garde-à-vous :

— Oups ! Désolé, mon capitaine !

— Vous me ferez cent pompes, bidasse !

On s'esclaffe. Michel a beau être fier de son statut, il est le premier à en rire. Il y a quatre ans, en Argentine, il vidait les tubes de dentifrice dans nos lits. De quoi oublier, le temps d'une blague potache, l'omniprésence de la junte militaire.

— Oh ! intervient Henri, on souffle mais on reste sur le coup, hein !

— T'inquiète.

Henri n'insiste pas, il nous fait confiance. Si on est relax à ce point, c'est qu'on en a besoin. On sait ce qui nous attend, face aux autres. Que font-ils en ce moment ? Sont-ils détendus eux aussi ? Ils ne devaient pas s'attendre à autant de réactivité de notre part. C'est vrai, on a assuré mais c'est grâce à eux. Affronter des joueurs d'un tel niveau, ça vaut tous les entraînements du monde.

Mimi continue son tour du vestiaire. Un mot à Gérard et un autre à Maurice, qui troque le thermos pour sa seringue. Nouvelle injection à Dominique. Le front plissé, il frotte son genou avec insistance. Mimi est préoccupé et l'est encore plus en voyant Bernard palper sa cheville. Il s'approche de lui :

— T'as toujours mal ?

— Un peu, mais ça va.

Mimi soupire. Il se tourne vers nos remplaçants, puis se fraye un passage jusqu'à...

— Patrick ! Bernard a dégusté, prépare-toi à jouer.

— Sérieux ?

— Oui.

— Alors, ça y est ?

Mimi acquiesce et les yeux de Patrick s'illuminent. Oui, ça y est : pour la première fois de sa vie, à l'âge de 25 ans, il va disputer une demi-finale de Coupe du monde. À sa droite, Christian aurait aimé avoir cette chance.

Je suis content pour Patrick. Lui n'en revient toujours pas. Il a pourtant un rôle à jouer ce soir mais voilà, il est de ces grands trop modestes qui se croient petits. Un jour, un fan a voulu faire une photo de lui entre Michel et moi. Patrick a tenté de se défiler, prétextant qu'il n'avait pas sa place avec « des ténors comme nous ». Je lui ai rétorqué : « Tu nous emmerdes avec ta légitimité ! Tu veux faire partie des meilleurs, oui ou non ? » Du coup, il a posé avec nous et depuis, il assume son art malgré quelques rechutes.

Mimi retourne voir Bernard. Il l'informe de sa décision, à laquelle il ajoute une main chaleureuse sur l'épaule.

— D'accord, dit Bernard, je reste sur le banc ?

— Non. Tu continues et, au premier signe de faiblesse, Patrick prendra le relais.

Michel a tout entendu et sourit à Patrick, son voisin de chambre. Ces deux-là s'aiment en frères et rien au monde ne peut les réjouir davantage que de jouer ensemble. Mais Michel, en qualité de capitaine, n'oublie jamais personne. Surtout pas Christian, qui feint de ne pas être déçu de rester remplaçant.

— Eh, Chris' ! Tu l'auras, ton match.

— J'espère.

— Tu l'auras, je te dis. Tu le mérites.

Sacré Michel. Dernière gorgée, et je me décide à ôter ce maillot. Transpirant, il me colle à la peau. J'insiste. Son jus d'efforts tire sur mes poils, après quoi mon torse revit. Mon esprit aussi, momentanément allégé. Les minutes s'écoulent, durant lesquelles on réécrit la première période comme on refait le monde. Alain et son lob, Michel et son penalty, Maxime et ses sauvetages...

... mais aussi Briegel, Littbarski et Kaltz qui nous en ont fait baver. Leurs coups d'éclat minent notre orgueil. Mais on peut gagner. On va gagner. En attendant, Patrick vient s'asseoir à côté de Bernard :

— Tu vas tenir le coup, hein ? Tu ne sors pas pour me faire plaisir.

— Ben, non. Quand tu seras sur le terrain, fais gaffe à leur goal.

— Je sais, je l'ai observé. Il m'a semblé vache-
ment excité.

— Il l'est.

Manu et Didier les rejoignent. Ils taillent un
costard à Schumacher et je les comprends. L'un
a été bousculé, l'autre écrasé. Didier, remonté
comme une horloge suisse :

— Je lui botterais bien le cul, moi !

— On a plutôt intérêt à ne pas aller le chercher, dit Patrick.

Didier en remet une couche. Ce genou sur son
ventre, il ne l'a pas digéré. Autant dire qu'il a
hâte de se retrouver face à Schumacher. Tant
mieux, car Henri vient de taper dans ses mains,
signifiant la fin de l'entracte. Le rideau de fer
tombe sur ce bistrot redevenu vestiaire. On jette
son gobelet, on refait ses lacets, on pisse une
dernière fois.

Moi, j'enfile mé-ca-ni-que-ment mon nouveau
maillot. Il sent la lessive à la lavande. Chimique,
mais « lavande » quand même. Une odeur de
propreté, de pureté, de victoire.

22 heures passées, et on y retourne.

Chapitre 6
22 h 03

> « C'était trop long,
> Je suis content d'être de retour. »

AC/DC, *Back in black*
Back in black, 1980

La nuit. À la fin de la première période, elle en était aux préliminaires. Puis, elle a profité de notre absence pour s'abattre sur le stade. On est sortis sous un ciel violacé, on le retrouve noir pétrole. Un ridicule petit quart d'heure, c'est ce qu'il a fallu pour basculer dans l'espace. Une autre dimension, où les projecteurs sont autant d'étoiles.

Parmi elles, il y a nous. Petits hommes et petit ballon, à la grande joie de tous. Les fans de foot et même ceux qui n'y comprennent rien. Tout le monde nous suit, des télés aux radios. Des millions de Français, d'Allemands, d'Espagnols et aussi d'Italiens car la nouvelle est tombée en fin de journée : l'Italie ayant vaincu la Pologne, c'est elle qui sera en finale. Notre futur adversaire, donc.

J'ai hâte. Mais d'abord, les gars de la RFA.

On se retrouve et se fixe en chiens de faïence, pressés de remettre le couvert. Sous les chants du public, chacun réendosse son rôle : Maxime en miroir de Magath, Gérard en miroir de Fischer... tous dans les starting-blocks. Il ne se passe rien, Corver papote avec les juges.

C'est long d'attendre.

C'est si long.

C'est trop long.

« C'était » car le match a repris.

Notre capitaine s'élance et je le suis, *content d'être de retour*. Michel se dirige vers leurs défenseurs. Il les approche comme on flirte, entre stratégie et retenue, pour ensuite les balader.

Encore quelques mètres et il se retrouve piégé par deux d'entre eux. Aussi ardents qu'au coup d'envoi, malgré leurs trois quarts d'heure d'efforts dans les pieds. Ce ne sont pas des hommes, mais des humanoïdes. Michel le sait, c'est pourquoi il s'en remet à Maxime. Mon pote emporte le ballon et se heurte à Magath, qui commet une faute.

Sifflée ? Non.

Dominique récupère, bazardé par l'un des Förster. Il y est allé franco, lui sautant dessus, les genoux en avant. Didier, son acolyte à Stuttgart, l'apostrophe :

— T'ES DINGUE OU QUOI ?

— Laisse tomber, lui dis-je.

Didier suit mon conseil, mais l'arbitre ne lâche pas l'affaire. Carton jaune pour Förster, amplement mérité[1].

---

1. Dans son livre *Coup de sifflet*, Schumacher a révélé qu'avant le match, ils avaient consommé de l'éphédrine, médicament dont le premier symptôme est le développement de l'agressivité.

Dominique masse son épaule, croise mon regard. Oui, le match part en couilles. D'ordinaire, ça n'arrive qu'à dix minutes de la fin. Bagarreurs, ces humanoïdes. Aussi durs que fragiles ; leurs circuits commencent à chauffer. Vice de fabrication. Vicieux, à l'image de leur assaut. Cette force occulte, toujours. Je crains le pire.

Bernard aussi, lui qui court lentement. Cheville. Sa baisse de niveau n'échappe pas à Mimi, sur le banc. Un signe de la main, et Patrick se lève pour faire des étirements. Tandis qu'il se prépare, on s'endurcit face aux autres. La pelouse continue de souffrir en silence.

Coup franc pour Alain. Il pique le ballon, les autres nous le repiquent. Manu s'invite : faute sur Littbarski. Rien de grave, mais on a risqué un autre carton. Qu'est-ce qui se passe ici ? On joue ou on cogne ? « On joue », répondent les pieds de Kaltz. Non, « on cogne » car Manu vient de commettre une nouvelle faute. Face à l'Irlande, il a brillé avec ses tacles. Là, il multiplie les conneries. Littbarski se relève, haletant de colère, mais c'est moi qui crise :

— Putain, Manu !

— Oh, ça va !

Des cris attirent notre attention sur Dremmler, dans notre surface. Il va marquer. Son ombre s'étend, noircissant la pelouse jusqu'à Jean-Luc. Cette vision, mon cœur n'y résiste pas et se contracte.

Dremmler accélère.

(mon sang s'accumule)

Plie la jambe.

(déborde)

Tire au-dessus de la cage.

(se remet à circuler)

Dremmler repart, dépité. Il était trop excentré alors que Fischer et Magath étaient dans l'axe. Ils l'engueulent. Fautes, tensions et reproches – aucun doute : le match est en train de nous échapper à tous. En fait, je ne crains plus le pire puisqu'il est déjà là, parmi nous. On le sent, c'est pourquoi on relance tranquillement. Faire baisser la pression pour calmer le jeu. On y croit...

D'abord Marius, puis Jean et Didier.

... mais le naturel revient au galop. Les sabots claquent, trois hommes tombent :

D'abord Didier, puis Jean et Dominique.

Oui, encore lui. Il est maudit, ce soir. Là, il a carrément roulé en dehors du terrain. Un peu plus et il s'éclatait contre la pub JVC. Nous, on attend le carton jaune... que Corver ne brandit pas. Il y a pourtant eu faute et elle vaut un coup franc. Mais rien n'est sifflé et le match reprend sous l'influence de Briegel → Breitner → Fischer → Littbarski TIRE DANS NOS FILETS ! Non, juste derrière le poteau gauche. Là, j'ai frôlé l'infarctus.

En touche, Patrick poursuit ses étirements. Debout-baissé, debout-baissé... ses muscles s'animent sous son maillot. Gérard et Marius reforment leur duo, Breigel et Breitner aussi. La bataille fait rage et le ballon fait des siennes, hésitant à choisir son camp. Lâche, il finit par quitter le terrain.

Corner pour eux. Maxime conteste, invoquant ce que j'ai vu : le dernier à avoir touché le ballon, c'est Magath. Mais Corver confirme sa décision. Après nous avoir privés d'un coup franc, il offre un corner aux autres. S'il y a but, ce sera de sa faute.

Outré, Maxime a l'intelligence de ne pas insister. Nos supporters s'égosillent pour déconcentrer Magath. Il réussit son tir, dévié par Didier. Le ballon sort, Bernard aussi. Sa cheville l'oblige à marcher ; il était temps qu'il soit remplacé. Et c'en est fini de notre « carré magique ». Patrick fait son apparition. En se croisant, Bernard et lui échangent un regard qui veut tout dire, tout conquérir.

50e minute.

Patrick nous rejoint, confiant, même s'il est arrière et qu'il va jouer milieu. Mimi sait ce qu'il fait – je ne flippe pas. Si, un peu. Beaucoup, en voyant surgir Magath. Maxime le neutralise, Alain récupère et transmet à Patrick. Il sème ses assaillants, donne tout dans une frappe fulgurante. Ça passe à côté, mais Patrick a bel et bien planté son drapeau sur leur territoire. Kaltz relance, Jean capture et donne à Michel qui, pressé, se retrouve hors-jeu.

Deux hommes, deux colères.

Jean l'engueule en agitant les bras, Michel ne dit rien mais le toise. Ce clash ravive les tensions entre eux, nés la même année à deux jours d'intervalle. Et des tensions, il y en a eu le mois dernier. Le 21, la « fédé » a fait livrer un énorme gâteau à Michel pour son anniv' avant d'*oublier* celui de Jean. Je le revois, impassible, se rendre dans la cuisine. Revenir avec une pomme. Y planter une bougie. S'asseoir et dire devant nous tous : « Bon anniversaire, Jean ».

Deux hommes, deux clans.

Et je sais pourquoi, depuis le début, notre groupe est divisé. Heureusement, Mimi a su le contenir grâce à son sens inné de la diplomatie. Alors, Michel et Jean en restent là.

Les autres se ressaisissent. Supersonique, Briegel nous traverse un à un jusqu'à Patrick qui le tacle. Didier, puis Jean, Marius et voilà ! On a notre coup franc, pile dans l'axe. Du pain béni pour Michel. Schumacher se prépare derrière les siens. Ils se soudent en rempart, contre lequel bute le ballon. Déçu, Michel repart sous les applaudissements.

Kaltz. Förster. Manu. Alain fait une longue passe à Dominique. Il sprinte, puis marque enfin notre deuxième but. Folie du public entre les « OUAIIIIS ! » des uns et les « *NEIIIIIN!* » des autres. Cohue enivrante, où Corver signale une faute. Je n'ai rien vu, j'entends que l'un des Förster a été écarté. But invalidé, donc. Je m'incline et, la gorge nouée, essaie de gommer ce point de ma mémoire.

(*RFA : 1 – France : 2*)

C'est dur.

(RFA : 1 – *France : 2*)

Dur et injuste.

(RFA : 1 – France : *2*)

Et je bloque sur le score. C'est con, j'y étais presque arrivé. Je réessaie, il me supplie de l'épargner. Aussi criard que le souvenir d'un amour perdu. Amer, je ferme les yeux. Me concentre. Efface ce 2 comme on ponce un tatouage, et le réécrit en 1.

Dominique a reconnu son erreur, mais Corver se fait quand même huer. Il ne mérite pas ça, à moins que le public ne lui rappelle sa faute non sifflée. Impossible de savoir. Impossible aussi de suivre Breitner, lancé tel un missile V2. Patrick le tacle et le stoppe net. Depuis son entrée, il fait son festival. Dominique retente sa chance face à leur goal. Il rate, Michel repasse pour la deuxième couche et échoue à son tour, de peu.

En attendant le coup franc, Schumacher reprend son souffle. Derrière lui, des Français déchaînés.

Acte 1 : certains se moquent, beaucoup l'offensent.

Acte 2 : Schumacher répond d'un geste insultant.

Acte 3 : ils continuent de le provoquer.

Acte 4 : il feint de tirer en leur direction.

Morale de l'histoire : du terrain aux gradins, la connerie a de l'avenir.

56e minute.

Le ballet reprend, étourdissant. Les autres s'épuisent. Il y a bien des tentatives de leur part, voire des prouesses, mais la victoire est à nous. On n'a jamais été autant en forme, l'audace de Patrick nous a revigorés. Maxime et Magath se retrouvent pour un nouveau combat. Ils en ressortent aussi usés que le cuir... qui survole Jean-Luc – ouf ! Le but a encore été évité.

Puis, vient la brèche. Celle qu'on cherchait à créer depuis la reprise. On la doit à Maxime, notre roi. Il envoie à Michel, qui repère Patrick. Ils sont si heureux de jouer ensemble que le prochain but, ils le marqueront à deux. Une passe et Patrick s'élance derrière le ballon. Ses poursuivants peinent à le rattraper. Il gagne du terrain, les spectateurs se lèvent. On le suit, pour lui sauter dans les bras lorsqu'il aura marqué.

Et c'est là, MAINTENANT.

Patrick fléchit une jambe qui a tout d'un éclair. Le sol gronde sous la ferveur du public. Schumacher s'agite, réalisant qu'il n'a aucune chance. Il le sait autant que les soixante-dix mille flammes de ce brasier hurlant. Il va devoir improviser.

J'arrête de courir, à bout de souffle, et Schumacher tranche. Il a fait son choix parmi toutes les options qui électrisaient son cerveau : charger comme un bison. Audacieux, mais inutile puisque Patrick vient de tirer. Une seconde, j'explose de joie. Une seconde, je blêmis...

Chapitre 7

22 h 14

« *Mon couteau lacère profondément,*
Apporte le sommeil. »

KEVIN AYERS, *Doctor Dream Theme*
The Confessions of Dr Dream
and Other Stories, 1974

... et un bruit. Sourd, mais qui a résonné jusqu'à moi. Un son là sans être là, insidieux, à la croisée de l'audible et de l'horrible : le cri d'un diable schizophrène, dévoré par sa perversité. Il se débat en agitant son trident, puis décide d'en finir.

Retourne les pointes contre lui.

Se les plante dans le cœur.

Le *lacère profondément, apporte le sommeil* à mon corps.

Impossible de bouger. J'étais un homme, je ne suis plus qu'une oreille soumise à toute la fureur du monde. Huées et hurlements, aliénants. Ils me violent et je saigne en découvrant...

(Patrick)

... mon pote, étalé sur le dos. Les yeux révulsés et la bave aux lèvres. Seuls mouvements :

ses convulsions, de son torse à sa main gauche. Un poing serré, qui s'affaisse et capitule sur son abdomen.

Ce que je redoutais a fini par se produire. Nos fautes, nos heurts ont conduit à *ça*. Cette image terrible d'un mec de 25 ans, qui avait toute la vie devant lui et qui va mourir. Il est en train de mourir. Il est mort. Il me manque et on chiale tous devant son cercueil. Effondrés, ses parents se soutiennent entre eux. Anne, sa fiancée, s'écroule dans les bras de...

(Michel)

... notre capitaine qui se précipite, paniqué. Jamais je ne l'ai vu courir aussi vite. Son visage alterne entre la pâleur et le rouge écarlate. Il clignote, traduisant son conflit interne. Je sais ce qui le hante. À cette seconde précise, il culpabilise. Ce putain de ballon, c'est lui qui l'a refilé.

Et maintenant, Patrick est inerte. Son confident, son « frère », sacrifié par sa faute. Michel me dépasse sans me voir...

(Didier)

... lorsqu'un autre le devance. Didier s'accroupit, palpe le visage de « Patrick ! Oh ! PATRICK ! » – et lui secoue l'épaule. Le torse se remet à gonfler. Il respire, il est revenu parmi nous. Non, ce ne sont que de nouvelles convulsions. Gérard arrive sur place avec Briegel, tout aussi bouleversé.

Didier ne sait plus quoi faire. Reproduit ses gestes. Répète ses mots. Ils ricochent dans ma tête. Partouze syllabique, où Patrice Laffont hurle « Voyelle ! Consonne ! Voyelle ! » : *Des lettres et des chiffres*, sa nouvelle émission qui déclenche le compte à rebours.

Patrick.

PaTIC.

J'ai peur.

TAC.

J'aperçois Alain.

TIC.

Il a les larmes aux yeux.

TAC.

Manu et les autres se pressent. Je veux les suivre. Mon cerveau ne réagit pas. Oh ! « Je pense donc je suis », ça te dit quelque chose ? Ça signifie « Ma-cervelle-a-beau-être-essentielle-ses-impulsions-ne-s'accomplissent-en-pensée-que-grâce-à-moi-c'est-DONC-pour-ça-que-je-suis-et-que-j'existe ! ». ALORS, FAIS-MOI COURIR ! Mais je reste immobile, comme Marius. Les poings serrés, il fixe...

(Schumacher)

... celui qui a agressé notre pote, lui fonçant dessus *comme un bison. Audacieux, mais inutile puisque Patrick vient de tirer. Une seconde, j'explose de joie. Une seconde, je blêmis* car ce salaud n'a pas visé le ballon, mais Patrick. Il a sauté, projetant son bassin. Épaule. Genou. Tout ça au visage de sa proie. Un assaut, une mise à mort.

J'ai d'abord cru que Schumacher s'était recroquevillé pour se protéger. Comment concevoir le contraire ? Je ne voulais pas y voir une préméditation, refusant de le détester sous prétexte qu'il est Allemand. J'ai essayé d'aborder son acte avec du recul, sans la moindre animosité. Le sport, c'est pas la guerre.

Mais je sais ce que j'ai vu. En sautant, ce goal est redevenu forgeron et a fait de son corps un impitoyable marteau. Puis, les lèvres de Patrick se sont déformées et trois dents ont volé. Elles ont roulé dans la pelouse ; lui s'est écroulé.

Depuis, que fait son bourreau ? Il regrette ? Il accourt ? Non. Il observe la scène, en retrait. Les mains sur les hanches, près du ballon. Comme si le match allait reprendre, comme s'il était encore question de foot.

(Mimi)

Mais le match est fini. Le boss le sait, debout sur ses jambes vacillantes. Ce que Mimi a vu l'a arraché au banc. Il veut traverser le terrain. Rejoindre Patrick, le secouer, serrer son visage entre ses mains. Mais il ne franchira pas la ligne blanche, car c'est interdit et que Mimi respecte les règles, lui. Et même s'il s'en foutait, il serait incapable de faire un pas. L'agression a été si brutale qu'elle a électrisé sa mémoire. La journée avait pourtant bien débuté...

(MARDI 23 MAI 1978, SAINT-SAVIN)

... sous ce soleil de Gironde. Le Sud-Ouest, c'est vraiment un Éden. Quoi qu'on y fasse, c'est toujours avec le sourire. C'est là que Mimi se ressource loin de la FFF. Aujourd'hui, il est un peu sous pression : demain, il prendra le Concorde avec les Bleus en direction de l'Argentine pour le Mondial.

En attendant, il roule en direction de Bordeaux où un train l'emmènera à Paris. À sa droite, son épouse Monique consulte sa montre. Un peu en retard. Il accélère, traversant la commune et ses pâturages. Ses vignes. Ses petites routes désertes, comme celle-ci. Il s'y engage, quand une voiture surgit derrière eux. Elle se rapproche, contraint Mimi à s'arrêter sur le bas-côté. Sa femme panique. Lui aussi, mais il se contient et s'exécute.

À peine a-t-il coupé le contact que deux hommes jaillissent du véhicule. L'un tient un pistolet. Mimi est terrorisé. Pourquoi lui ? Il n'est qu'un entraîneur, un mec bienveillant qui n'a aucun ennemi. Sourd à ses questions, l'homme armé lui ordonne de sortir. Mimi obtempère, leur demande ce qu'ils veulent. Dans l'habitacle, Monique se remet à hurler lorsque l'autre s'assoit à côté d'elle.

Canon dans le dos, l'otage est dirigé vers le bois. Aucune autre voiture. Aucun sauveur. Personne. Même les oiseaux ont disparu. Mimi continue d'avancer, mortifié. Mais le pire pour lui, ce n'est pas ça, c'est de se dire qu'il ne reverra jamais celle qu'il aime. La femme de sa vie. Ce soleil de chaque instant, chaque battement de cils. Alors, dans un réflexe de survie, il se retourne et bloque le canon entre ses mains, au risque de se prendre une balle. Le pistolet tombe. Mimi le ramasse, mais l'homme s'est déjà enfui avec son complice.

Quelques heures après, ses questions ont obtenu une réponse : l'arme n'était pas chargée et ce kidnapping visait à dénoncer la livraison de matériel militaire français pour la dictature

argentine. Sous le choc, Mimi a failli démission-
ner mais n'a pu se résoudre à abandonner ses
rêves, il a donc continué avec dévotion. Jusqu'à
ce soir. Jusqu'à cet acte terroriste...

(Dominique)

... qui a rouvert une autre plaie, plus profonde.
Je connais Dominique et je sais qu'il pense à la
même chose que moi : Buchenwald. Son oncle
en est revenu, le mien y est mort.

Je ne suis pas con, je sais que la guerre est finie
depuis longtemps. Notre génération est celle qui
a voulu briser le tabou, afin de comprendre et
mieux avancer. Non pas oublier – impossible –
mais continuer à vivre. On vit au présent, pas
au passé, et la vie est trop précieuse pour être
gaspillée en rancœur.

Comme des milliers de Français, j'ai choisi ce
que ma famille n'avait pas eu la force de faire :
aller de l'avant. À l'instar des jeunes Allemands
d'aujourd'hui, qui ne sont pas responsables des
crimes de leurs aïeux. Or, ce qui s'est produit a
été causé par l'un des leurs. Schumacher aurait
pu être Chinois ou Indien, mais il est né à Düren.
Et Patrick, c'est la France. Notre nation, à nouveau attaquée.

Sous le coup de l'émotion, je succombe au
passé et fixe « Schumacher le nazi ». Tout se
mélange. Buchenwald. Verdun. Düren, occupée
par Charlemagne et incendiée par Charles Quint.
Nos guerres. Nos barbaries...

... et celle de Schumacher, que l'arbitre ne condamne pas. Inquiet, il lorgne sur Patrick, mais ne brandit toujours aucun carton rouge. Michel l'exige à genoux. Scandalisé, Didier se précipite vers Corver. Celui-ci l'écoute, puis rejoint le juge de touche. Son index se déplace, recréant le tir. Et je comprends que Corver n'a rien vu. Rien du tout. Il suivait le ballon du regard.

Littbarski et les siens sont aussi décomposés que nous. Ils dévisagent leur goal. Ils savent eux aussi, comme les spectateurs. Quand soixante-dix mille personnes s'indignent d'une même voix, aucun doute n'est possible. Tout le monde a vu, sauf Corver. Je n'y crois pas. Il ment, il est de mèche avec leur équipe.

Parano ? Sûrement.

C'est peu probable qu'il ait comploté avec eux, sa terre a trop souffert des nazis. Quatre cent mille ouvriers réquisitionnés et cent mille juifs déportés, auxquels s'ajoutent les huit cent morts du bombardement de Rotterdam. Son peuple en a chié, ce qui n'a pas tué son courage : grèves, résistance, protection des Alliés... et les Pays-Bas, c'est aussi Anne Frank. Alors non, il est impossible que Corver ait pactisé avec la Mannschaft.

Parano, donc.

Après tout, ces deux pays ne s'affrontent plus que dans les stades... mais je repense à 74. Finale RFA-Pays-Bas. Les mots du Néerlandais Van Hanegem – « *Ils ont tué mon père, ma sœur, et deux de mes frères. J'ai très peur. Je les déteste.* » – avant le coup d'envoi. Je repense à tout ça et à la victoire des Allemands. Supérieurs. Race supérieure. Faut que je me calme. Mais je ne peux pas, ne veux pas. Si Corver était vraiment le meilleur arbitre du monde, il aurait sanctionné Schumacher dès sa première provoc et Patrick serait toujours debout.

Parano ? Non, lucide.

Corver nous fait payer la défaite de son pays, tout simplement. Il s'est arrangé avec Schumacher avant le match. Duo diabolique, ligué contre Michel et...

(Patrick)

... ce corps emmené par quatre agents, transporté sur une civière. Maurice marche avec eux. Il leur fait signe de ralentir, ôte ses lunettes, regarde Patrick. Et là, après Mimi et Dominique, notre toubib revit lui aussi son traumatisme. Sa guerre d'Algérie, ses copains estropiés, ces enfants brûlés au napalm.

De l'autre côté de la civière, Michel. Il accompagne son « frère », lui parle en serrant sa main. L'image est aussi magnifique qu'abominable.

Là-bas, Schumacher jongle avec le ballon en attendant l'évacuation de sa victime. Il est fou. Au contraire, il sait très bien ce qu'il fait. Le stade lui crache à la gueule et il s'amuse. Dire qu'au début, je pensais que son acte était involontaire... Je m'en veux. Je t'ai trahi, Patrick. Désolé. Tellement désolé de ne pas avoir les couilles d'étriper Corver.

Car il vient de signaler la reprise.

Et ça, c'est pire que tout.

Qu'il n'ait pas vu le choc, admettons, mais au moins qu'il arrête la partie. Michel est à deux mètres de lui. Il pourrait lui défoncer la tronche, mais préfère l'ignorer de tout son mépris. Je ne sais pas où il la puise, sa sagesse.

La civière disparaît au loin, direction l'autre monde. Dans les tribunes, parmi tous ces Français en colère, deux hommes se distinguent : René et Jeff. Le plus indigné, c'est Jeff. Jusqu'ici, il avait la rage d'être privé de demi-finale. Là, il a la rage. Tout court.

Sur le banc, Bernard a la tête entre les mains. S'il n'était pas sorti, Patrick ne serait pas entré. Mimi lui serre l'épaule, effaré par la décision de Corver. Il se résout à faire signe à Christian, qui se lève. Lui, le remplaçant d'un « peut-être déjà mort ». Ce match le répugne. En ce moment, il devrait suivre l'ambulance jusqu'à l'hôpital. Et prier avec nous, même les athées.

Alors, ce terrain, Christian ne le franchit pas. Michel redevient capitaine pour mieux lui par-ler : « Je sais, Chris. Je pense comme toi, mais on n'a pas le choix. Allez, viens. Pour Patrick. Fais-le pour lui. » Corver se dirige vers eux en vue de précipiter la reprise. À trop tarder, on risque l'émeute. Cet imposteur a raison tout en ayant tort, ça devient n'importe quoi et j'ai envie de vomir.

À l'arrivée de Corver, Michel recule sans lui adresser un regard. Christian se décide à nous rejoindre, sous les huées. Elles ne le concernent pas, mais il les prend pour lui. Il avance à la manière d'un Christ refusant son destin. Écœurés, on reprend nos rôles dans l'espace et le temps, en ce jeudi 8 juillet. Notre « jeudi noir » où, comme si tout ça ne suffisait pas, Corver désigne le ballon à Schumacher. Ultime affront : pour une raison qui m'échappe, la remise en jeu se fera en faveur des Allemands.

Non, des *boches*.

II

FRANCE VS. TROISIÈME REICH

Chapitre 8

22 h 15

« *Le temps de la haine.* »

MAGMA, *Sëwolahwëhn Öhn Zaïn*
Theusz Hamtaahk, 1976

J'ai essayé.

J'ai tout fait pour résister, ne pas céder à la tentation. J'ai érigé une digue entre nous, mais elle a fini par céder. Et *la haine* a déferlé, s'est infiltrée en moi.

C'était écrit. Cette force occulte que je sentais entre nous, c'était les fantômes de 39-45. Ils ont toujours été là, dans l'ombre. C'est avec eux que s'est construite ma génération. Elle est passée du tabou familial au travail de mémoire national, de *Nuit et Brouillard* au *Chagrin et la Pitié*. Une démarche essentielle jusqu'à ce que le travail mue en devoir, puis obsession.

Dès lors, j'ai bouffé de la Seconde Guerre mondiale de livres en documentaires, de films en séries télé. Le paroxysme a été atteint en 73, quand j'étais ado, avec *La France de Vichy* de Paxton et le vol du cercueil de Pétain par des cons qui réclamaient sa réhabilitation. Depuis, on a produit toute une série d'œuvres...

Lacombe Lucien : Louis Malle, 74.
Le Vieux Fusil : Robert Enrico, 75.
M. Klein : Joseph Losey, 76.
J'étais la femme de Jean Moulin :
Marguerite Storck-Cerruty, 77.
*Le Mémorial de la déportation
des juifs de France* : Serge Klarsfeld, 78.
Les Russkoffs : François Cavanna, 79.
Le Dernier Métro : François Truffaut, 80.
La Bicyclette bleue : Régine Deforges, 81.

... sans compter celles des Ricains et des Anglais. La cause était saine, les conséquences ont été terribles : tout ça a réveillé les démons de ma patrie, qui n'avait toujours pas assumé son passé. Les flammes se sont rallumées, décuplées par les révisionnistes. Et moi, comme tous les jeunes de ma génération, j'ai grandi dans cet incendie. Longtemps, j'ai lutté, préférant *Salut les copains* à *Salauds les nazis* mais ce soir – après ce que Schumacher vient de faire – je n'en ai plus la force.

Adieu 82. Pour toujours et à jamais, on est le 22 juin 1940. En ce jour d'armistice, Pétain ne tourne le dos au Reich que pour baisser son froc. Le vieux est un peu sénile et peine à défaire ses boutons, c'est pourquoi Laval l'aide. Avec le sourire. La scène se déroule à Compiègne, à l'endroit même où l'Allemagne avait capitulé en 18. Adolf est heureux : au lendemain de la Première Guerre, son pays était si ruiné que ses enfants en étaient réduits à bouffer de la terre et, cette fois, c'est à notre tour de payer.

Vichy entre en scène et le show débute. Arrestations, tortures, déportations... mon pays devient une marmite remplie de pus. Les repères, les valeurs se mélangent dans ce que l'homme a de plus ordurier. Mais tout le monde ne se laisse pas contaminer. Des instits cachent des enfants, des flics alertent des familles. On voit même s'allier des cathos et des cocos, pourtant ennemis.

C'est beau, ces gens unis au-delà de leurs divergences. L'intégrité est toujours belle, mais elle ne fait pas le poids face à l'horreur. Quand on en sauve un ici, dix autres sont tués là-bas. Par la faute de miliciens et d'écrivains trempant leur plume dans le fiel. Même Céline. Même lui. Peut-être l'empathie viscérale de ses débuts était-elle devenue insupportable. À trop cerner les hommes, il a fini misanthrope et son *Voyage* l'a conduit à l'intolérance, « *première station avant l'abattoir*[1] ».

Tout ça ne m'a jamais autant hanté que ce soir et c'est à cause de cette bande de boches. J'ai tout fait pour qu'ils restent Allemands, mais ce sont des schleus. C'est injuste/je sais/j'y peux rien. Je me ressaisis...

Foot → stade → sport → JO → 36 → Hitler

---

1. Expression par laquelle Céline caractérise les « bistrots » dans son livre antisémite *Bagatelle pour un massacre*, 1937.

... mais c'est plus fort que moi. Je me concentre, change la combinaison...

Foot → stade → Espagne → Guernica → Hitler

... et la crasse revient me happer. Je réessaie, serre les poings pour contraindre ma raison...

Foot → stade → foule → Ventura
→ *L'Armée des ombres*

... souterraine. Pièce obscure. Sol tapissé de sable. Plafond bas. Six hommes, encadrés par une troupe de la Wehrmacht. À droite, cinq autres soldats et deux mitrailleuses. À gauche, tout au fond, un mur criblé d'impacts. Le gradé a été clair : celui qui arrivera au bout sera exécuté plus tard.

Les prisonniers s'élancent, sauf Lino. Il refuse de participer à ce jeu malsain. Il a peu de chances d'échapper aux balles, il le sait. En admettant qu'il atteigne le mur, rien ne dit qu'on ne le mitraillera pas. Et quand bien même il serait reconduit en cellule, ce sursis serait inutile. La mort, même retardée, reste la mort.

L'officier s'impatiente, Lino résiste menta-lement – « *Il sait très bien ce que veulent mes jambes. Il se prépare au spectacle. Mais je me sens mieux enchaîné par son assurance que par mes fers. Je ne veux pas courir. Je ne courrai pas* » – et Corver siffle alors je cours. On le fait tous, pour Patrick. Fini, le foot. Le match a disparu avec lui. À partir de maintenant et jusqu'à la fin, chaque seconde de la demi-heure qui nous reste rythmera notre vengeance.

Conspué par les spectateurs, Schumacher se prépare à tirer. Il repère Kaltz et Fischer, puis s'attarde sur moi. Nos regards se harponnent et le temps s'arrête.

Duel au son de nos respirations ralenties, altérées en GRRRRRRognements. Schumacher bat des cils – la vie reprend à la faveur d'un dégagement. Les siens récupèrent le ballon et les huées. Là, c'est injuste. Ce n'est pas de leur faute si Patrick est tombé. Mais puisque Corver a cessé d'être arbitre, ce rôle revient au public : insultes pour eux et encouragements pour nous. Vents contraires, confrontés en cyclone au centre du terrain.

Kaltz et les siens sont mal à l'aise. Avant, leurs mouvements étaient amples. Désormais, ils jouent repliés sur eux-mêmes. Chaque passe les associe à ce goal psychopathe et ils n'aiment pas ça. Ça se sent mais leurs états d'âme, je m'en fiche. S'ils sont si indignés, ils n'ont qu'à le virer.

Didier traverse mon champ de vision, les yeux exorbités. Ses crampons pilonnent le sol ; marteaux-piqueurs toujours plus fous. Il défie leurs défenseurs, interceptant le ballon. Applaudissements. Il transmet à Jean, lui aussi acclamé. On est même soutenus par l'Espagne – les racines de Mimi, Alain et Manu.

Ça me réchauffe le cœur, pas autant que le but que se prendra Schumacher. Bientôt, puisque Dominique se rapproche. L'humaniste écolo, qui exècre la chasse et autres traditions imbéciles. Eh bien, cette nuit, c'est un prédateur.

Les boches l'attaquent.

Non, les Allemands.

Si ! Du boche, il n'y a que ça ici : ces joueurs, leur aigle, leurs supporters, leurs bières jusqu'à la marque du ballon – ce logo Adidas sur mon maillot. Trois feuilles. Trois bandes. Troisième Reich, sur ma peau.

C'en est trop et mon coq l'attaque, mais Magath parvient à s'échapper. Les ovations redeviennent sifflets. Kaltz enchaîne, Gérard capte sa passe et envoie à Michel. Obsédé par Schumacher, il ne voit que lui et s'élance. Ses jambes semblent se dédoubler – Patrick, en lui. Deux énergies dans un même corps. Il accélère, transcendant sa chair, et franchit la zone adverse. Les frères Förster se referment sur lui, Michel tire. Trop fort. Corner.

Vengeance ratée.

62ᵉ minute.

Stielike relance vers Briegel, dégommé par Jean. Sa fougue n'a d'égale que celle de leurs défenseurs. Ils se font insulter, de « fils de pute » à « enculés de nazis ». Ça les déconcentre, Manu en profite pour les dépouiller et remonte. Briegel le traque. Manu envoie le ballon sur la gauche, qui tape contre son assaillant et – comme prévu – rebondit en touche pour nous. Bien joué. Christian récupère. Bien joué, là aussi.

Jean, puis Michel cherchent à les faire pani-quer. Les pousser à la faute pour obtenir un penalty, celui qu'on aurait dû avoir après l'éva-cuation de Patrick. Michel s'excite pour mieux les exciter et ça y est, il est tombé. On dirait même qu'il en a rajouté. Puisque tous les coups sont permis, toutes les stratégies aussi.

De Corver à corner. Michel se relève et, tandis que l'arbitre lui parle, l'ignore pour se placer parmi nous. L'assaut va se jouer à proximité de Schumacher. Aucun échec n'est possible... mais un nouveau corner, oui. Nos soixante-dix mille supporters trépignent. Leurs encouragements sont un tremplin pour Christian, qui s'élève dans les airs et donne un coup de tête. Puissant. Formidable. Insuffisant, car le ballon passe au-dessus de la cage.

Vengeance ratée n° 2.

66e minute.

Förster, Stielike, Dremmler et retour à Schumacher. Tout ça pour ça. Ils sont désemparés face aux monstres qu'ils ont créés. La preuve, ils reperdent le ballon. Leur capitaine fonce, Marius se lance les pieds en avant. Kaltz saute, évitant un tacle barbare. Corver réprimande mon pote. Marius la ramène, Michel intervient – « Laisse tomber ! » – et précipite son départ. Corver le retient d'une main, puis le libère. Il a bien fait.

Les autres tirent leur coup franc. Fischer tente une tête, sans succès. Jean-Luc relance et Marius décide de jouer en solo. Pourchassé, il accélère. Une locomotive libérée de ses wagons, loin derrière. Hélas, il est freiné par Dremmler, qui tombe face à Michel – « la loi du talon ». À sa place, j'aurais fait pareil.

Là-bas, Mimi enrage. Il n'en veut plus, de cette violence. Tandis qu'il rappelle Michel à l'ordre, Corver accourt et j'ai peur...

TIC.

... car il est capable de tout...

TAC.

... et peut expulser Michel...

TIC.

... et si on le perd, c'est la fin...

TAC.

... de Patrick. Les toubibs sont en train de constater son décès. Peut-être. Peut-être pas. Je veux savoir. Monter dans l'ambulance avec les miens, car ma souffrance est trop intolérable pour être gérée seul. Elle me pisse par les yeux. Ma vision se trouble et la mort m'apparaît, vêtue de noir – Corver.

Il regarde Dremmler, tordu de douleur, puis Michel. Un moment que leurs yeux ne s'étaient pas croisés. La décision tombe : aucune sanction, même si Michel la mérite. Corver ne nous a pas fait « une fleur », il se protège de nos supporters.

Au sol, Dremmler masse sa cheville. Stielike l'aide à se rétablir. Et s'il peut se relever, alors Patrick aussi.

Chapitre 9

22 h 23

« Quel spectacle, spectacle à brûler l'ego,
Vous garder au chaud et ne jamais lâcher. »

BUDGIE, *Napoleon Bona Part 1 & Part 2*
Bandolier, 1975

La guerre a repris. Des hommes sont tombés, se sont relevés, en ont fait tomber d'autres. Le ballon, je m'en fais un bélier pour enfoncer les portes de Saalfeld. 10 octobre 1806. Moi, Napoléon, guidant mes troupes. Nos sabots piétinent le champ, où succombe tout ce qui n'est pas nous. Que c'est beau, ce *spectacle à brûler l'ego* de mon sabre brandi au soleil.

En face, Louis-Ferdinand de Prusse paraît aussi perdu que ses soldats. Il est peut-être valeureux mais jusqu'ici, il a surtout fait ses preuves en tant que pianiste. S'il doit entrer dans la légende, ce ne sera pas aujourd'hui. Sa pâleur fait ressortir le rouge de son large col, tout ce rouge qui colore notre empire.

Plus que nos cris, c'est la terre qui traduit notre furie. Ses vibrations se répandent jusqu'au cheval princier, affolé. Son maître tire sur les rênes, reprenant le contrôle. Louis-Ferdinand s'est ressaisi ; le contraire m'aurait déçu. Après tout, il est de la lignée des Hohenzollern implantés depuis des siècles. Et on ne dure pas autant sans talent ni courage.

Il se lance, entraînant les siens. Des milliers d'hommes, crachés par autant de canons. Nous les écrasons dans ce sang qui fait l'Histoire, celle des salauds réhabilités en vainqueurs. Leurs effectifs se réduisent et n'ont plus rien d'une armée, pas même un régiment. Guindet, mon fidèle maréchal, interpelle leur chef : « Rendez-vous ou vous êtes mort ! » Le prince déchu répond d'un coup de sabre et le taillade au visage, avant de périr sous la lame...

67e minute.

... mais Dremmler franchit notre surface. Manu se jette sur lui et, de ses pieds tentaculaires, sort le ballon. Je m'attendais à davantage de violence – je l'espérais – mais il faut croire que Manu a été moins perverti que moi.

Les autres s'activent. Leurs petites offensives face aux tanks que sont Marius, Michel et Didier. Kaltz s'attaque à mon pote, plus habile que lui. Droite, gauche, droite... après l'avoir bien usé, Didier laisse Maxime en épuiser d'autres. Il réussit sans mal, puis envoie à Alain. Maxime reprend et fonce vers Schumacher, injectant toute sa force dans ce tir.

Vengeance ratée n° 3.

Leur entraîneur dévisage les remplaçants, fait un signe à Hrubesch. Le plus blond et le plus grand de tous – le message est clair. Il se lève.

Pressé d'en découdre, vu la raideur de son corps. Hrubesch s'échauffe ; chauffe ma peau au contact des autres. Ils en veulent à mes pieds, mon trésor. Je les repousse, puis repère Dominique. Il est trop loin – Jean devient notre intermédiaire, et le public fait de « Jeannot de Marseille » son « Juan de Séville ».

Il perce leur défense. Mains tendues, Schumacher saute de gauche à droite pour contrer le but, que Jean retarde en passant à Dominique. Attaqué, il perd le ballon et se retourne, le voyant derrière lui. Immobilisé à seize mètres de la cage, dans l'axe. Et Schumacher pâlit.

Pas à cause de Dominique, qui n'aura pas le temps.

Pas à cause de Jean, trop excentré.

À cause de Didier qui surgit... mais un autre shoote avant lui.

Putain de vengeance ratée n° 4.

C'était une super occasion et on l'a ratée. Didier fuit mon regard, remonte sa chaussette. T'inquiète, je t'en veux pas. Bon, un peu, mais je sais que t'as fait au mieux. C'est juste que le mieux, ça ne suffit pas.

69ᵉ minute.

Briegel nous esquive, suivi par Magath. Christian s'emporte, touchant le ballon avec sa main. Coup franc pour eux. Pas trop près de Jean-Luc, un peu quand même. On se prépare, d'autant que le tir revient à Breitner. En sueur, il envoie à Dremmler. Celui-ci transmet à Magath, qui m'évite et se fraye un passage – NON ! –

jusqu'à Jean-Luc. Marius intervient ; lutte acharnée à deux contre un. Ça rocke, ça punke et ça siffle : faute de Magath.

Marius se prépare à tirer, je me poste en bordure de la ligne de touche. À trois mètres de Mimi, debout. Je me rapproche de lui :

— Des nouvelles de Patrick ?

— Il... il s'est réveillé.

— Ah ! Comment il va ? Il a parlé ?

— Oui, il a réclamé son sac et s'est rendormi.

— « Rendormi » ou... ?

— Je ne sais pas, j'attends l'appel de Maurice. Allez, concentre-toi sur le match.

Si Patrick était mort, au moins, je saurais quoi faire : hurler. Mais je suis dans le flou total, et c'est pire que tout. Mimi comprend que tant qu'il sera là, je ne bougerai pas. Alors, il m'abandonne pour aller se rasseoir.

Je renoue avec le match, où notre goal relance vers Michel. Il court, mais l'un des Förster expulse le ballon. Il échoue dans les tribunes. Des supporters le capturent et se le passent entre eux. Des connards, de plus en plus agités.

Le match reprend enfin. Touche pour Maxime → Marius → Michel → Alain cesse d'avancer. Il part en demi-cercle, traçant son succès sous les yeux de leurs défenseurs. Ils n'y comprennent rien, trop hypnotisés par son génie pour voir que la menace est ailleurs : Christian, sur leur gauche. Il vise non pas la cage, mais Schumacher. À trop le cibler, il lui envoie le ballon dans les mains.

Putain de merde n° 5.

Ça fait deux fois que Christian échoue, mais c'est pas de sa faute. Il joue milieu alors qu'il est libéro. Pas comme Littbarski, qui attaque en bourrin. Briegel enchaîne et ça fait mal, très mal. Jean le harcèle, ne fatiguant que lui-même, et l'autre remporte la manche.

De Napoléon à Napoléon III, de Saalfeld à leur revanche à Sedan. 1870 et les canons, toujours. Nuages noirs. Tempête où nos corps se fendent et éclatent. Des chevaux voltigent, s'empalent sur les arbres. Forêt d'horreur, dont les troncs rougissent au son de hennissements épouvantables.

Puis, le silence.

Plus aucune agonie.

Rien qu'une respiration : Dremmler, devant nous.

Il balaie tous nos espoirs, soufflés par sa frappe surprenante. Surpuissante. Sur Jean-Luc, qui capture le danger. Il relance et Alain refait parler de lui, après quoi Michel est bousculé. Coup franc pour nous, à une distance idéale. Notre deuxième but est à moins de vingt mètres. Les boches le savent, alors ils contestent. Corver campe sur sa position et là, je concède à le respecter.

Au sol, le ballon ruisselle d'impatience. Il en émane ce fumet unique au monde, aromatisé de cette chaleur réconfortante propre à la conviction. Michel se prépare à tirer, les autres s'unissent en barrière. Six mastodontes, les mains croisées en cache-sexe. Et derrière eux, Schumacher...

(v)

... que Michel fixe durement. Ses précédentes tentatives étaient précipitées, elles n'avaient pas l'ampleur de ce face-à-face. Le premier depuis l'évacuation de Patrick. Michel soutient le regard de sa proie...

(vengeance)

... et recule. Il a besoin d'élan, beaucoup. Il s'arrête, fait un geste de la main : « Je suis prêt » pour Corver, « J'arrive » pour Schumacher.

Notre capitaine retient son souffle, et c'est toute la France qui frappe. Le cuir ondule, d'un carreau blanc à un logo noir. Le pied tendu, Michel se fige. Comme nous. Seul le ballon vit encore, au rythme de l'impact. Le séisme se propage, animant les fils des coutures jusqu'à cet Adidas qui vole en éclats. Et la sentence part, magnétique, avant de heurter leur mur.

Michel est écrasé de frustration. Moi, je regarde *ça*, ce truc qui rebondit. Je le hais. Je les maudis, lui et la terre entière. Cet immonde caillou qui ne tourne sur lui-même que pour mieux nous faire tourner en bourrique...

(v)

... et retombe vers Michel. Il réagit, leurs défenseurs paniquent, il remet le ballon dans l'axe et le refrappe...

(VENGEANCE, MAINTENANT)

... mais échoue à nouveau, butant sur l'un des leurs. Et cette fois, aucun rebond à exploiter. Notre capitaine repart, aussi abattu que nous. V comme « vaincus ».

Chapitre 10

22 h 28

« L'amour et la paix et la guerre et la haine,
Non, je ne vais pas rester assis et attendre. »

CAPTAIN BEYOND, *Dancing Madly Backwards*
Captain Beyond, 1972

Non, jamais vaincus.

Jamais lâcher.

Jamais, Patrick, alors accroche-toi.

Ma tête – une centrifugeuse où *l'amour et la paix et la guerre et la haine* se déchirent entre eux. Mais je continue. Il le faut, puisqu'il y a corner. Je m'y prépare comme si c'était le premier de ma vie. Me placer parmi les autres. Guetter l'instant où je vais devoir sauter, même si ça devient pénible. La fatigue, c'est fini. À présent, c'est l'usure et chaque seconde rouille davantage mes articulations.

Alain pose le ballon, attend aux sons des appareils photo. Nous, on est scotchés à leurs défenseurs. Il tire, Breitner fait une tête et Didier reprend... pour ne rien faire, car Breitner était encore là. Furax, Didier tente de le tacler. Il rate, frôlant la faute et le carton. Tu déconnes, mec,

et je sais de quoi je parle. Toi et moi, on se ressemble. Putain. Ton impulsivité, je la connais.
Bien, même. C'est une amie ennemie. Une qui te
pousse à tout faire vite avant de cramer.

Maître du jeu, Breitner longe la ligne sans
chercher à se remettre dans l'axe. Je sais pourquoi, il veut qu'on l'attaque. Qu'on sorte malgré
nous le ballon pour qu'il obtienne un corner.
Il est rusé mais on l'est aussi, alors on le laisse
courir. Se retrouvant isolé, il se résout à passer
à Fischer. Gérard lui fonce dessus. Leur combat
s'éternise, sauvage, jusqu'en touche.

74e minute.

Breitner relance, Littbarski enchaîne, Manu
joue au trouble-fête. Il fait tout pour le pertur-
ber, et le ballon sort à nouveau. Leur entraîneur interpelle Magath, qui déserte la pelouse.
Il serre la main de son ami Hrubesch. Passation
de pouvoir : l'un a bien préparé le terrain, l'autre
l'investit. Serein, casqué de blondeur. Je ne vois
que ça dans cette nuit abyssale.

Hrubesch retrouve les siens, qu'on harcèle
inlassablement. Marius, Maxime et Jean, puis
à nouveau Maxime et Marius ! On les rend
fous, ils nous le rendent bien. À commencer
par Hrubesch, qui se jette sur Maxime. « Le
monstre » contre « Le grand Max » : le choc des
titans. Leurs corps se fouettent et s'entortillent.
Pieds, coudes, bras – tous les moyens sont bons,
quand mon pote parvient à lui échapper.

Maxime m'envoie le ballon et je cours ; ivresse
de la vitesse où le réel n'est plus. Le terrain se
déforme, s'étire en autoroute puis guillotine qui

monte, monte, monte jusqu'à Schumacher – sa tête, ma Coupe que je brandis à deux mains. Deux attaquants surgissent, je passe à Alain qui perd face à Breitner, qui perd face à Jean. Michel récupère, mais le ballon nous échappe. Gérard se lance, le pied en avant, heurtant l'un des Förster. Bien fait pour lui.

Nous aussi, on sait être durs. Injustes. Mauvais. Ma France, ce n'est pas que des radios libres et une Fête de la musique créée par un Ubu-imbu de lui-même. Ma patrie peut être forte et belle mais, le plus souvent, elle est laide. La France d'aujourd'hui, c'est :

— Le chômage reparti en flèche.
— Le blocage des salaires.
— Douze mille licenciements de plus.
— Les attentats de Carlos.
— Les assassinats de Lahouari Ben Mohamed et autres jeunes *coupables* de ne pas avoir eu la peau blanche, puis les émeutes aux Minguettes.

Sans compter l'essor du Front National, pour qui « *Un million de chômeurs, c'est un million d'immigrés en trop* ». Et la gauche s'en fout. Et la droite s'en fout. Et mon pays a la gerbe alors que Mitterrand voulait « changer la vie ».

Le seul truc qui a changé, c'est lui. Toute sa vie, Mitterrand n'a fait que ça : Vichyste puis résistant, virulent sur l'Indochine puis muet sur l'Algérie, jusqu'à l'attentat dont il a été la fausse victime.

Puisqu'il est le chef de l'État et que l'État, c'est nous, on est en droit d'être aussi fourbes que lui. Il n'y a pas de raison. Pas de quartier pour ceux d'en face. Après tout, ce sont eux qui ont commencé...

75ᵉ minute.

… et qui continuent : au sol, Jean serre sa cheville. Dremmler subit les foudres de Corver, sans
se prendre de carton. Jean ne s'énerve pas, crevé.
Il relance vers Alain, qui lui renvoie le ballon.
Jean, à nouveau maltraité, retombe. Là, il gueule
en agitant les bras. Le fautif l'aide à se relever.
Corver ? Une fois encore, il ne sanctionne rien.

Alain relance le jeu et sa frappe, parfaitement
dosée, fait pâlir leurs défenseurs. On s'embrouille
tous, jouant à la verticale. Ça monte et retombe
en sinusoïdes interminables, quand Michel…
hors-jeu. Lui aussi, il perd son sang-froid. Moi ?
C'est pour bientôt. J'ai peur.

Bousculé, Breitner s'écroule. Trop de chutes,
trop de « trop » dans ma tête. Migraine, puis
douleur dans ma cuisse gauche. La crampe, elle
arrive. Ça aussi, ça me fait flipper. Breitner se
charge de la touche et envoie vers Fischer, mais
sa passe est trop longue. Fischer enrage. Tensions
encore et toujours, après quoi Dominique
tombe à son tour. Corver siffle le coup franc,
Schumacher fustige les siens.

Dominique se charge du tir. Le ballon bute
sur les autres et rebondit, Dominique le reprend
mais se retrouve pris au piège. Seule solution :
moi, à sa droite. Il me fait une passe, court se
placer devant Schumacher et – non ! – nouvel
échec. MON échec. La culpabilité m'embrase,
relançant ma cuisse. Je ne la masse pas, ne
cherche en rien à l'apaiser. Cette crampe, quand
elle viendra, sera ma punition pour avoir échoué.

Je repars, honteux. À ma droite, des journalistes jouent des coudes en vue d'obtenir la meilleure photo. Avec l'évacuation de Patrick, ils n'ont pas raté leur soirée. Ces hyènes ne vivent que pour le scoop, si possible le plus macabre. Ce sont eux qui ont tué Romy. Notre meilleure actrice, la femme ultime. Son gosse empalé sur la grille, ça ne suffisait pas, alors ils ont poussé le vice jusqu'à se déguiser en infirmiers pour le photographier sur son lit de mort. Pourritures.

78ᵉ minute.

Stielike repart à l'abordage. L'Allemagne, extraordinaire d'ambition.

Affaiblie, elle continue d'avancer.

Démembrée, elle rampe toujours vers la victoire.

C'est pour ça qu'on a créé l'Europe, dans le seul objectif de freiner sa puissance. On a échoué, car Stielike progresse. Jean s'improvise illusionniste, plus malin que Houdin et plus fort que Garcimore. Dominique → Jean → Didier se retrouve hors-jeu.

L'un des Förster renvoie dans notre zone. Hrubesch saute, élevant son mètre quatre-vingt-huit. Deux centimètres de plus que Maxime, deux petits centimètres qui font la différence. De la tête, il donne à Fischer mais Jean-Luc plonge et capture le ballon. À un millième de seconde, on se prenait un deuxième but. Et à un quart d'heure de la fin, c'est le genre d'injustice dont on ne se remet pas. Jean-Luc veut relancer mais Fischer le gêne, l'empêchant de me faire une passe. La Mannschaft s'adapte à nos sales coups.

L'Allemagne, capable du meilleur
comme du pire.

Le meilleur, c'est ce qu'elle a fait avant nous : l'expressionnisme, la pilule, les révoltes étudiantes, mais il y a le pire. Ces agents de la Stasi qui dénoncent. Ces écolos qui veulent dépénaliser la pédophilie. Ces crèches où l'on tripote des gosses pour les « éveiller ». Et la Fraction Armée Rouge ; fusillades et bombes au nom de l'anticapitalisme. Kaltz et les siens ne peuvent qu'être imprégnés de cette violence. Elle circule dans leurs veines, malgré eux, et c'est elle qui a guidé Schumacher.

Ainsi, pour avoir tant souffert, ils nous martyrisent à leur tour. Nos patries, aussi nocives l'une que l'autre. Ils ont leurs traîtres, on en a eu. Ils ont leurs bombes, on a les nôtres. Ils ont leur déshabillage de fillettes, on a ceux qui approuvent : Cohn-Bendit et son ignoble *Grand bazar*, publié dans mon propre pays. France et Allemagne, liées par les mêmes saloperies. On ne s'en sortira jamais.

En attendant, Alain fait une passe à Manu. Kaltz intervient, mais se retrouve en déroute. Du grand Manu, net et sans bavure.

(Allez !)

Schumacher s'agite.

(Allez, Patrick !)

Manu accélère.

(Patrick, réveille-toi !)

Il repère Didier en face de Schumacher, aussi blême que ses poteaux. Ils tremblent ; ses jambes. Cette peur, je m'en délecte. Et je souris en voyant le ballon dans les pieds de Didier. Cet astre, qu'il contrôle et envoie… dans les mains de Schumacher.

Sur le banc, Mimi plisse ses lèvres.

Chapitre 11

22 h 36

*« On descend, on descend, on descend
En plongée kamikaze. »*

BAUHAUS, *Dive*
In the Flat Field, 1980

Je ne cours plus, je sombre. Chaque effort précipite un peu plus ma chute. Je sombre, et Didier avec moi. Il s'en veut. Il a voulu soigner son tir, mais aurait dû agir de suite. On sombre tous. Et *on descend, on descend* dans les entrailles du noir, puisque nous sommes des hommes et que les hommes ne savent faire que ça.

Trop de violence, de bruit, de gens. Je veux une mitraillette pour les dézinguer. Santiago. Stade. Tous ces fusillés. Et ces milliers d'enfants volés. Et Giscard ne fait rien. Et Nixon dit : « C'est bien. » Et AÏE ! Jean m'a bousculé, se remettant dans l'axe.

Je le suis, le ballon me survole et je repars dans la direction opposée. Sensation désagréable de déjà-vécu. J'ai l'impression d'être monté sur un rail qui ne me laisse que deux possibilités : rater à droite ou à gauche. Ça me déprime, d'autant que Didier me dépasse. Il veut se racheter et y parvient en passant à Alain, le mieux placé d'entre nous. Littbarski s'interpose, puis envoie à Fischer. Sa vitesse est telle qu'il brille dans la nuit, *Surfer d'argent* de mes ténèbres sans fin.

Briegel prend le relais, évite le tacle de Christian et tire – Mmm ! – dans le ventre de notre goal. Il s'écroule, plié en deux. Furieux, Briegel serre sa tête. Aux rugissements du public, je comprends qu'on approche de la fin. Tout se joue avec ce corner. Jean-Luc va devoir assurer alors qu'il vient de se prendre un obus. Il est penché en avant ; je souffre pour lui.

81e minute.

Épuisé, Littbarski saborde lui-même son corner. La suite est un patchwork de sueur et d'herbe, où Manu parvient à extraire le ballon. Dremmler le lui vole, Littbarski récupère ET TIRE DANS LES CINQ MÈTRES mais échoue. Il en prend pour son grade, désavoué par les siens. L'ennemi se divise, s'entredévore.

Nuit des longs couteaux.

Nettoyage par le vide.

Solution finale ; finale vers laquelle Michel et Maxime nous emmènent.

Arrivés dans leur surface, ils s'offrent le luxe de balader Corver. Didier hérite du ballon et le dirige vers Dominique, qui va le chercher la tête en avant. Schumacher plonge aussi – crash ! Il s'étale dans l'herbe et Dominique réalise la superbe opportunité qu'il vient de rater. S'il le pouvait, il s'arracherait les yeux mais il a déjà bien assez mal. Épaule gauche.

Schumacher se relève – « SALAUD ! » – aux sons – « ¡ *HIJO DE PUTA !* » – des spectateurs. Là, ils ont tort. Ce choc était involontaire, il n'a fait que son job et avec talent. Quand il ne joue pas au Viking, c'est un sacré goal.

Breitner revient nous narguer. On se replie, il recule et donne à Hrubesch. Hors-jeu. On a eu chaud pour la troisième fois consécutive. Alain se rue sur leur *Fußball,* redevenu nôtre. Il transmet à Dominique qui rate encore, faisant chuter l'un des Förster.

« Bernd le grand » se rétablit, les cheveux en bataille et la rage au corps. Il fait une longue passe à Stielike, qui centre vers Briegel. Marius le course, mais l'autre est trop rapide. Ou moins crevé. Je ne sais pas. Tout ce que je vois, c'est que Briegel nous balade et qu'on n'y peut rien. On jouait au foot, on en est réduits au footing. Des papis en promenade, face à ces pros venus d'ailleurs.

Briegel continue sa percée et, arrivé dans notre surface, tire puissamment. Je me sens défaillir, quand Jean-Luc bloque le ballon entre ses mains ! Il est en train de marquer l'Histoire, lui qui avait si mal débuté ce Mondial. Si Mitterrand foire son septennat, en 88 je vote Jean-Luc.

H – 5 minutes.

Le ballon repart. Dominique se lance à sa poursuite, stoppé par Förster. Michel gère la remise en jeu. Manu reçoit par la gauche et fonce, les autres l'obligent à changer de tactique. Il délègue à Christian, toujours à gauche. Près de la cage, mais lui aussi incapable de percer leur défense.

Christian dégage au loin ; ce tir est pour Michel. L'une de ces possibilités qu'il sait changer en certitudes. Il s'y précipite, l'autre Förster le rattrape et le gêne. Par sa carrure et son bras, appuyé sur la gorge de Michel. Notre capitaine s'insurge et se débat, après quoi le ballon sort.

Michel prend à témoin le juge de touche, occupé à lever son drapeau. Rouge. Fraction Armée Rouge. Du rouge partout, ces corps ensanglantés de Francfort à Munich → terroristes → 72 → JO → sport, et leurs attaquants se rapprochent de Jean-Luc. D'un coup de tête, Maxime lui sauve la mise.

4 minutes.

Ce but, on y a tous cru. Les spectateurs se sont levés et, désormais, ils resteront debout. Touche. Didier me repère, mais préfère envoyer en arrière. Notre nouvel assaut ne sera donc pas frontal.

Ça me va, je n'ai qu'à attendre ici. Sous les projos, en chopant un coup de soleil – « *Mais tu n'es pas làààà, et si je rêve tant piiiis ! Quand tu t'en vaaaas, j'dors plus la nuiiiit !* » – avec Cocciante et son piano sur lequel tu danses, chérie. Tu me manques. Ton sourire. Ton corps sous mes lèvres. T'es si belle ; décibels stridents en provenance des gradins. Ces cris s'adressent à Jean, qui s'envole avec le ballon. Il le dirige vers Didier et Dominique, ils se percutent et ratent la passe. Le premier tombe, le second se contient et lui tourne le dos.

Briegel rejaillit et, au terme d'un sprint endia-
blé, tire. L'effort ébranle son corps, de ses poils à
ses cheveux d'où jaillissent des gouttes de sueur.
Des milliers ; elles pleuvent sur moi. Je secoue la
tête, éclaboussant à mon tour Hrubesch. Aussi
éreinté que Jean-Luc, qui récupère le ballon.

Mes potes, je ne sais pas mais moi, je suis HS.
Mes muscles – une heure et demie qu'ils sont
durs comme du marbre. Et ma cuisse. Le mal
y branche sa guitare et l'accorde, tordant mes
nerfs. Je les sens se déformer, étirés à en craquer.
Pas encore. Ma crampe attend son heure.

2

Stielike envoie à Fischer. Il récupère et fait
rouler ses épaules ; il en sort des épines. Elles
frétillent, courbées par sa vitesse. Gérard attaque,
mais ne fait chuter que lui-même. Je prends la
relève pour contrer leur coup franc, trop tard :
Breitner échange avec Littbarski. Christian
expulse le ballon, nous offrant quelques secondes
de répit.

Les Förster échangent un regard, c'est l'aîné
qui y va. Il fait une tête plongeante, Dominique
lève son pied et CHOC ! Förster roule sur la
pelouse, puis s'immobilise. Une main sur le
front, l'autre sur le torse. Ses lèvres bavent un
murmure.

Dominique est pétrifié. Il n'a pas voulu ça mais
il l'a fait et, à présent, c'est lui que le public
insulte. Sa victime reste au sol, l'horreur recom-
mence. J'ai peur. Non, j'ai la trouille. La peur,

c'est pour les adultes et là, j'ai 5 ans. 5. 4. 3. 2. 1. Zéro. Je suis un zéro, une merde. J'aurais dû arrêter après l'agression de Patrick, quitter le terrain. Ce match est une hécatombe, on va tous y passer.

Un médecin se précipite avec Corver. Je les rejoins, je n'aurais pas dû. Tout ce que je trouve ici, c'est la colère de Breitner. Ses insultes me transpercent en direction de Dominique, sous le choc. Mais Förster n'est pas mort. Il se relève et titube. Mon frère d'épuisement.

1

Le match reprend je ne sais où, avec je ne sais qui. Je cible Hrubesch. Depuis son entrée, les siens misent sur lui. La tête du « monstre », c'est ce qu'ils cherchent. Tiens, qu'est-ce que je disais... mais Maxime déjoue leur plan en corner.

Breitner court, ralentit, marche. Il est sur la fin, comme cette dernière minute qui réduit à chacune de nos expirations. Échéance intolérable : ce temps qui s'échappe, c'est moi qu'on dépèce. Et ça racle, de peau en muscles, jusqu'à ce qu'il n'y ait plus rien. Mais la lame n'a pas encore atteint l'os et il nous reste une chance de marquer.

On se positionne ici et là, après quoi Breitner se décide à tirer. Trop haut pour nous. Jean-Luc est livré à lui-même. Il saute mais effleure le ballon, qui retombe. Leurs attaquants bondissent, Christian est plus vif qu'eux et renvoie à notre goal. Juste à temps.

Le reste se joue entre Marius, Didier et moi. Nos échanges sont mous ; on avance en Flanby périmés. Et Manu, avec son maillot trempé. On n'a plus rien à attendre de ses jambes. Pourtant, Michel lui fait une passe. Manu se retrouve sur le devant de la scène, alors qu'il rêvait des coulisses pour s'y reposer.

30 secondes.

Amorphe, il se dirige vers leur surface. Son avancée laborieuse nous entraîne irrémédiablement vers les prolongations. Ce que les boches redoutent autant que nous. Pitié, pas ça.

Une autre foulée et, à vingt mètres de leur goal, Manu renaît subitement. Son pied ne frappe pas, il catapulte. Stupeur générale. L'usure, l'angoisse des prolongations, tout ça disparaît. Il n'y a plus que le silence du stade sidéré par ce tir. La terre s'arrête de tourner, seul le ballon continue... et heurte la barre transversale.

MALÉDICTION n.f. (du lat. *maledicere*, maudire) : 1. Litt. Action de maudire. 2. Sort hostile auquel on semble ne pouvoir échapper ; fatalité.

Comme à Glasgow. L'échec des « Verts » face au Bayern, à cause de ces fichus poteaux carrés. Depuis, ils sont ronds mais les barres transversales continuent de nous faire chier.

Manu est bouche bée.

Moi aussi.

Alors, j'abandonne. Tout.

Je les laisse à leur temps additionnel, ces miettes qu'ils se disputent comme des cafards. Cruauté et folie : notre cadeau au monde. Certes, il y a eu de la beauté en première période, mais le pire a fini par l'emporter.

Et il s'envenime en ce moment même, dans les derniers instants, avec Breitner. Il shoote, Jean-Luc contre le tir avant d'être piétiné par Fischer. Mon pote a mal, je le vois, je m'en fous. Tout ça ne me concerne plus. J'en ai trop fait, j'ai honte d'avoir participé à ce chaos. Pourtant, je vais le perpétrer. Pas envie, mais Corver vient de siffler la fin et, par conséquent, les prolongations.

Durant des jours, j'ai rêvé de ce match sans imaginer qu'on puisse aller aussi loin. Les gens croient qu'on ne pense qu'à la victoire, ils se trompent. Ce qui nous obsède, c'est le coup d'envoi : cette microseconde où tout bascule et passe de l'abstrait au concret. La suite, heurts ou blessures, on ne la conçoit que lorsqu'on la vit. En général, ces imprévus déstabilisent un peu. Ou beaucoup, comme ce soir. D'abord Patrick, maintenant les prolongations. Et merde.

Score deuxième période : 1 – 1
Cartons jaunes :
2 pour la France, 1 pour la RFA

Chapitre 12

22 h 52

« Maintenant, je me sens voler,
Bien au-delà de mes rêves les plus sauvages
Pour exister dans cette prison à l'extase torturante. »

Curved Air, *Piece of Mind*
Second Album, 1971

Noir total. Et du vent, derrière moi. Son souffle me glace le dos ; un blizzard contre lequel je ne peux lutter. Je me laisse porter à travers *cette prison à l'extase torturante* et au sol poisseux. Je « chploc ! » et « chploc ! » dans les flaques, générant des émanations pestilentielles. Malaise aggravé par la résonance de mes pas.

Au loin, la nuit s'éclaircit à la faveur d'un petit carré blanc. Un rectangle. Une porte, qui s'ouvre. Lumière aveuglante. Je me retrouve dans un vestiaire, enfumé et bondé. Des gens partout, entre smokings et robes satinées. Tous discutent, aucun ne remarque ma présence. Si, cet homme. De Funès. Il me sourit :

« Bienvenue, jeune homme ! »

Il lève son verre de champagne en guise de salutation, reprend sa conversation avec Dalida. Je balade mes yeux écarquillés. Audiard, Le Luron, Truffaut... tout « le gratin » est présent, dans cette réception surnaturelle.

Stupéfait, je me fraye un passage entre Desproges et Jacques Tati en plein fou rire. Leur hilarité indispose Barjavel, qui s'éloigne et rejoint Signoret près du buffet. Je cherche Montand, absent. Ah, je le vois ! Non, c'est Ventura. Le cœur battant, je me lance :

— Monsieur... Monsieur Ventura ?

— Ah ! Je te reconnais ! Dis donc, t'as assuré en deuxième période !

— Heu... merci, je ne voulais pas continuer mais...

— Mais t'as fait comme moi, tu t'es décidé à courir. Si tu cours pas, t'es mort.

— Que... Vous n'êtes pas censé être dans les tribunes, avec les autres ?

— Pourquoi ? On n'est pas bien ici ?

— « Décontractés du gland », ajoute une voix derrière moi.

Je me tourne et, à travers la fumée, reconnais Dewaere. Assis sur un banc, clope au bec, il m'adresse un clin d'œil. Mon acteur préféré. Pierrot des *Valseuses*, Franck de *Série noire*, François de *Coup de tête* ; ce sacré film avec cette réplique – « *On ne marque pas avec ses pieds, on marque avec ses couilles !* » – qui m'accompagne à chaque match.

Coluche apparaît, en tee-shirt blanc et salopette noire. Tout sourire, libéré des griffes de la coke et de la politique. Il fait son grand retour, l'histoire d'un mec qui offre à un autre une cara-

bine 22 long rifle : « Tiens, Patrick ! Cadeau ! »
Touché, Dewaere le serre dans ses bras.

Je suis totalement perdu. Ça doit se voir,
puisque Ventura s'approche avec deux toasts. Il
m'en donne un et croque le sien :

— Ça va ?

— Non, dis-je en fixant la carabine, je ne comprends rien... rien du tout.

— Qu'est-ce que je t'ai dit ? « Si tu cours pas,
t'es mort. »

— Et alors ?

— Et alors, tu vois quelqu'un courir ici ?

À ces mots, je passe du canon aux yeux de
Ventura. L'air compatissant, il me tapote l'épaule,
puis m'abandonne à mon toast.

Ce toast garni.

Ce toast garni d'asticots vivaces.

Horrifié, je le jette et fuis en direction de la
porte... disparue. Tous me fixent en mastiquant
bruyamment leurs vers. Je m'enfuis dans cette
fumée qui est en fait vapeur ; les limbes. Ils
essaient de me retenir, tirent mon maillot, le
lacèrent. Je les repousse et, voyant une porte
ouverte, m'y précipite.

Autre lieu, autre monde.

Réfugié dans les douches, je m'y enferme. La
vapeur s'anime, épaisse. Ça vient d'ici, de ce que
je devine entre les volutes : une masse gigan-
tesque, couleur chair. Elle ondule, fume au son
de grincements insupportables. Je bouche mes
oreilles, redoutant cette apocalypse imminente.
Étirée, la chose se contracte...

(crampe)

... et je me tords – « AAAAAH ! » – sur le terrain. On me parle, me dit de tendre la jambe. J'en suis incapable. Mimi m'allonge de force :

— Laisse-toi faire !

— Non ! Je...

Le mal s'accentue, court-circuitant mon cerveau. Je serre ma cuisse d'une main et, de l'autre, la martèle à m'en casser l'os.

Henri tire sur mon mollet. Il s'arrache – c'est ma chaussure. On me maintient au sol ; j'entrevois Alain. Et les autres. Et je tape ma tête contre le sol. Cogner pour dormir, plus souffrir. On m'appuie sur le pied, éprouvant mon muscle. Je le sens sur le point de se déchirer, mais il s'apaise et se décontracte peu à peu.

Allongé dans l'herbe, je m'imprègne de sa fraîcheur. C'est doux, c'est bon, tous ces potes qui me caressent les cheveux. Dominique me tend une bouteille d'eau. Je m'abreuve, réintégrant le monde des vivants. Public, photographes, tout me revient jusqu'à ce rêve étrange. J'en garde un goût âcre, que je lave avec une dernière gorgée. Rassurés, les miens retournent se placer sur le terrain. Seul reste Michel, accroupi :

— Tu te sens de continuer ?

— Je... j'ai pas le choix.

Je remets ma chaussure, noue mes lacets sans trop serrer, puis essaie de me lever. Ma cuisse tremble à nouveau. Le mal amorce son come-back – je n'insiste pas. Michel m'aide à me rétablir avec précaution :

— Mollo, hein !

— Merci... et Patrick ? Il est arrivé à l'hosto ?

— Oui. Commotion cérébrale.

— Merde ! Mais est-ce que...

Je me tais, confronté à ses yeux. J'y vois une lueur déclinante, de celles qui peuvent s'éteindre à tout moment à cause d'une phrase en trop. Alors, j'oublie ma question. De toute façon, Corver vient d'annoncer la reprise.

On a débuté quand il faisait encore jour. On a couru toute la soirée. 23 heures passées et on continue la nuit. Jusqu'à quand ? Je l'ignore. Je ne sais même plus pourquoi je joue. Le pays ? Patrick ? Ma fille ? Depuis, elle doit être couchée. Demain, il y a école. Jardins. Piscines. Boulangeries – le monde normal. Ici, tout ça n'existe pas. Ici, la vie se résume à un mot : « prolongations ».

Il va falloir tout faire pour éviter le match nul, sinon ce seront les tirs aux buts. Si le sport c'est la guerre, les tirs c'est la mort. Ça va se jouer aux ressources. Si j'avais su, j'aurais joué cool... mais on se serait peut-être pris un deuxième but. Piégés dès le début : tu t'économises et tu prends le risque de perdre, tu donnes tout et tu t'épuises avant la fin. Sans compter qu'on ne peut plus faire entrer de remplaçants. Eux, il leur en reste un.

J'ai peur d'y retourner, de raviver ma crampe, mais décide malgré tout d'y aller. Un pas, j'ose. Deux pas, je m'élance. Trois pas, je retrouve les miens, démoralisé en pensant à ce qu'il nous reste à accomplir. Tout ce qu'on a déjà fait. Toutes nos occasions ratées, et il y en a eu beaucoup.

Beaucoup trop.

C'en serait presque louche.

Ça l'est peut-être.

Ça l'est sans doute.

Ça l'est.

À bien y réfléchir, je ne suis pas surpris. Après tout, on est en guerre. Et en temps de guerre, il n'y a pas que des oppresseurs et des victimes. Il y a aussi des collabos.

III

FRANCE VS. FRANCE

Chapitre 13

Ressources psychologiques : 36 %

« J'ai cherché la joie mais n'ai trouvé que le blues
Dans mes peurs, dans mes larmes. »

BIRTH CONTROL, *My Mind*
Plastic People, 1975

Deux heures, c'est le temps qu'il m'aura fallu pour comprendre. Je m'en veux, mais comment aurais-je pu m'en douter ? Que la Mannschaft nous torture, c'est normal – c'est le jeu – mais que l'un des nôtres nous trahisse... j'ai du mal à y croire, mais les faits sont là : on ne rate pas autant de buts pour rien.

Alors, *mes larmes* ont coulé, gorgées de vérité. Je croyais que Schumacher avait agi sur ordre de Corver, mais ce ne sont que des barbouzes à la solde d'une autorité mystérieuse. Et je finirai par l'identifier.

Tout le monde s'active du terrain aux gradins, sauf moi. Immobile, j'épie les miens. Observe leur réactivité. Décortique chacun de leurs gestes, en bon fan de Sherlock Holmes. Ses mots me reviennent : « *Lorsque vous avez éliminé l'impossible, ce qui reste, si improbable soit-il, est nécessairement la vérité[1]. »*

Je commence par Michel, notre guide. Dans les polars, les traîtres sont souvent ceux qui inspiraient confiance. Un capitaine jouant contre son camp ? Pourquoi pas, il y a bien des pompiers pyromanes. Et Michel a raté sa vengeance face à Schumacher.

Comme par hasard.

Mais il y a autre chose. L'absence de Jeff, le seul à être baraqué. S'il y en a un qui aurait pu rivaliser avec la force des Allemands, c'est lui. Or, il est relégué dans les tribunes tel un paria.

Comme par hasard.

Jeff est exclu, lui qui a tant fui. Des semaines qu'à la fin des entraînements, il est le premier à quitter le terrain. Des mois qu'il expédie sa douche et sort du vestiaire à la hâte. Comme s'il avait peur ou honte.
Je sais pourquoi.
Du moins, je m'en doute.
Ça parle dans les couloirs.
Jeff se serait tapé la femme de Michel.
Et Michel aurait exigé qu'il soit écarté de la demi-finale.
Impossible de savoir. J'aurais pu demander à Mimi mais Michel est un fils pour lui, alors le boss ne m'aurait jamais dit la vérité. Tout ce que je vois, ce sont ces deux clans dans notre

---

1. *Le Signe des quatre*, Arthur Conan Doyle, 1890.

équipe : ceux qui soutiennent Michel et ceux qui défendent Jeff. Et ce soir, tout s'explique, des anniversaires tendus à ce fichu match. Moi, je n'ai pas pris parti, car Michel et Jeff sont mes potes. Enfin, Michel l'était...

Deux pas, un saut, puis un autre et Michel s'élance, propulsant le ballon à ras du sol jusque dans les filets. But !

... et l'est encore, puisqu'il a admirablement réussi son penalty. Non, le traître, ce n'est pas lui.

Ni Dominique, avec son but invalidé.

Ni Manu, puisque c'est à cause de la barre s'il n'a pas marqué.

Ni Bernard, qui a dû sortir.

Et bien sûr, ce n'est pas Patrick.

Défenseurs	Milieux de terrain	Attaquants
Maxime	~~Michel~~	Didier
Marius	Alain	~~Dominique~~
~~Manu~~	Jean	
Gérard	~~Bernard~~	

Goal
Jean-Luc

Remplaçants
~~Patrick~~
Christian

Il en reste huit : Alain, Maxime, Didier... qui joue à *Stuttgart avec les frères Förster. On adore Didier, même si ça fait bizarre de le voir avec* « l'ennemi ».

Mais ce ne peut pas être lui. Depuis le début, il donne tout. Je continue de chercher, dévisage Gérard, puis Marius. Le doute s'installe en moi et ouvre sa valise, libérant une pulsion xénophobe. Non, trop facile de les suspecter sous prétexte qu'ils viennent des DOM-TOM. Et puis, ils font partie des meilleurs d'entre nous. Même si ça fait un moment qu'ils n'ont pas brillé sur le terrain. Ils ont des raisons d'être courbatus mais bon, ils sont des îles... Et les Noirs, sur les chantiers, ils sont tranquilles.

L'effort, ça fait transpirer et ils n'aiment pas ça. D'ailleurs, quand ils transpirent, ça sent.

Je sais de quoi je parle, je le vis en ce moment. Ça sent fort.

Je le subis dès qu'on joue ensemble.

Tellement fort que je commence à croire ce qu'on raconte sur eux. Qu'ils sont différents, qu'ils ont de grandes bites... quand on voit la taille de certains basketteurs, c'est pas impossible qu'ils soient montés comme des chevaux. *Singes. Indigènes. Missié Tintin. Y a bon Banania.* Je ne sais plus quoi penser. *Y a bon* ou *y a pas bon* ? Oui, *y a bon* ! Finalement, le FN a peut-être raison. Tous des fainéants. On les accueille et eux, ils profitent du système. Chômage, délinquance, tout est de leur faute.

Et si on s'est pris un autre but, c'est à cause de Gérard et Marius. Ces sales Noirs, qui ne sont Français que sur le papier. Sur ce coup-là, les Allemands ont été plus vigilants que nous : eux, ils en sont encore au droit du sang. Et du sang, il va y en avoir, cette nuit. J'ai le temps de me les farcir, ces traîtres. Deux quarts d'heure.

Trente minutes. Mille huit cents secondes, rien que pour moi.

L'un des Förster revient en force. J'oublie temporairement mes cibles et fonce vers lui, il envoie à son frère qui shoote de toutes ses forces. Son tir fend les airs en verte diagonale ; une bien étrange comète. Leurs attaquants sont en place.

Le ballon retombe, on se colle à eux.

Il s'approche, on se bouscule.

Il est là et Gérard contre le tir !

~~Gérard~~

Oui, contre toute attente, ce bamboula nous a évité un autre but. Surpris mais soulagé, j'expire profondément. Notre goal loue son sauveur. Bien joué, oui. Très bien joué, mais ça n'innocente pas Gérard pour autant. Un vrai traître sait faire semblant et on ne me la fait pas à moi.

Gérard

S'il est capable de tricher à ce point, Marius aussi. Alerter Mimi pour qu'il les remplace illico. Non, on ne peut plus faire entrer personne. Il va falloir régler ça sur le terrain. Parler à Michel – il saura quoi faire. Jean-Luc prépare son dégagement, j'accours vers notre capitaine :

— Michel ! Faut que je te parle.

— Maintenant ? Mais... attention !

Michel fonce vers le ballon. Il se trompe de priorité, je n'ai rien à espérer de lui. Mon allié sera Christian, mon confident... dont j'ignore de quel bord il est. Après tout, « Lopez », ce n'est pas très français. Méfiant, je le vois échanger avec Jean. Lui aussi, même s'il est moins noir que les deux autres, il reste à surveiller.

Jean envoie à Dominique, dépouillé par Stielike. « L'ange vert » s'est fait avoir comme un bleu et c'est rare. Surprenant. Louche, à l'image de son but invalidé. Et pourquoi ? Parce qu'il a écarté un joueur, comme par hasard. Sans compter qu'il est pote avec nos nègres. Et qui se ressemble s'assemble. Et Dominique redevient suspect. Tous le sont, tous les « huit ».

Breitner reprend le contrôle. Dominique l'attaque et cherche à le déstabiliser. S'il fait semblant, il le fait bien. L'autre finit par perdre l'équilibre. Dominique repart avec notre Graal et court en vrai français, redevenant mon pote.

Breitner réapparaît, Michel s'empare du ballon. Je le récupère sans savoir quoi en faire. Leurs défenseurs fusent vers moi, je cherche des renforts. J'en vois trois et parmi eux, un traître. Le mieux placé est Christian, c'est à lui que j'envoie. On verra bien. Il bloque et shoote mais Littbarski, pied tendu, dévie son tir. Il passe juste à côté de Schumacher. Christian, lui, est trop fourbu pour pester.

~~Christian~~

Plus que sept.

Oui, j'ai confiance en Christian. Ce qu'il a raté ne peut pas être simulé. De toute façon, j'ai toujours su que c'était un bon. Je me précipite vers lui :

— Bien joué !

— Tu parles, j'ai encore merdé et...

— Surveille Marius, je m'occupe de Gérard.

— Quoi ?

— Pas le temps de t'expliquer, fais ce que je te dis.

Je repars en vue du corner. Schumacher lance le ballon à Didier comme on jette un os à un chien. Blasé, Didier tire → Michel est gêné par Briegel, alors il s'oriente à gauche et se retrouve attaqué par un autre. L'étau se resserre, Michel tourne sur lui-même et pousse Briegel à l'erreur : coup franc, à la limite de leur surface. Une chance inouïe, que je n'ai pas la force de commenter par un sourire.

Michel va se placer, traînant les jambes. Le seul à courir est Corver, qui vient montrer le point de tir à Alain. Les supporters crient/chantent/insultent, inépuisables. Ce soir, ils en ont pour leur argent. Ils étaient venus en spectateurs, ils se retrouvent acteurs. Dès le coup d'envoi, leurs réactions ont influé sur nos comportements. Ce sont eux, les maîtres de cérémonie.

Oui, je hais Schumacher.

Oui, j'exècre Corver.

Mais je ne leur ai pas sauté à la gorge, car un tel acte ne me ressemblerait pas. Si j'ai songé à le faire, ce n'est que sous la pression du public. Tous ces fous. Les mêmes qui, aux jeux du cirque, pressaient César de retourner son pouce. Leur empereur vénéré, puis renié. Ils l'ont sacrifié comme ils finiront par nous tuer.

— Eh ! intervient Maxime, tu te places ?

— Hein ? Heu... oui, oui !

Je me mets entre Kaltz et Dremmler. Vu leurs tailles et la mienne, on doit former un M blanc-bleu-blanc. Nos sueurs mêlées me crament les rétines. Les autres se positionnent – Manu à droite, Dominique au loin en cas de longue frappe et Marius dans l'axe. Hrubesch l'a à l'œil ; il a raison. Faut toujours les surveiller, les négros.

Alain propulse le ballon dans les hauteurs. Breitner et Förster sautent comme un seul homme et, de leur tête commune, dévient le tir. Marius se déplace, Hrubesch tente de le suivre mais est ralenti par sa carrure. Marius lui échappe, fait une reprise de volée et deuxième but !!! Instant charnière où tout se déforme bruyamment : tribunes, bouches, corps. Les Allemands se courbent, meurtris. Nous, on est irradiés de délice.

Deuxième but, enfin, après tant de malchance et de barres transversales. Ça y est, justice pour Patrick. Et pour Marius, que je regrette d'avoir soupçonné. J'ai honte, tellement honte.

~~Marius~~

Plus que six.

Marius hurle, galvanisé par son but. Magistral, comme celui qu'il nous a offert à Rio il y a cinq ans. Il court à travers le terrain, les bras en V victorieux. On se jette sur lui et l'embrasse. De tous, je suis celui qui le serre le plus fort. Pour mon salut. Pour qu'il me pardonne. Lui, mon dieu vivant, mon frère de sang.

RFA : 1 – France : 2

Chapitre 14

Ressources : 29 %

« Je suis un enfant vaudou. »

THE JIMI HENDRIX EXPERIENCE,
Voodoo Child (Slight Return)
Electric Ladyland, 1968

Je t'aime, Marius. Je t'aime à en crever, à m'en bouffer le cœur. Moi, ton fils, ton disciple, ton *enfant vaudou*. Ton art m'a ensorcelé et maintenant, grâce à toi, je vis au-delà du cosmos. Exalté, mais complètement à plat. Et je réalise que les autres ont encore une vingtaine de minutes pour revenir au score. Faut me ressaisir, d'autant que le traître est toujours parmi nous. Je m'élance...

... mais ma cuisse tremble à nouveau. Décharge, jusqu'à la cheville. Je pose un genou au sol et descends ma chaussette ; mollet bouillant. Je le masse. Brûle mes paumes. Enfonce mes ongles. Creuse ma chair au plus profond. Elle s'apaise, lorsque le ballon passe devant moi. Je ne réagis pas, trop occupé à branler mon tibia.

— OH ! intervient Gérard, QU'EST-CE QUE TU FOUS !

— J'ai... j'ai mal.

— MOI AUSSI ! TOUT LE MONDE !

Il repart. Pour qui il se prend, ce nègre ? Je me sens sale de l'avoir tant côtoyé. On a rigolé aux mêmes blagues, on a partagé les mêmes douches et les mêmes chiottes. C'est bien les Martiniquais, ça. On les a toujours privilégiés face aux Guadeloupéens – ils sont les premiers à avoir eu des écoles, des hostos – et qu'est-ce qu'on a en retour ? Une trahison.

Je remonte ma chaussette, puis le terrain. Touche pour nous. Dominique s'en charge, suant sous ses boucles brunes. Deux passes et Stielike s'écroule, emporté par son propre poids. Tout ça est pathétique. Ils occupent à nouveau notre zone, un gruyère dont les trous profitent à Förster : long dégagement vers Hrubesch. Sa tête frappe le ballon et l'oriente vers notre goal, qui saute et le capture.

~~Jean-Luc~~

Plus que cinq.

Je suis content que ce ne soit pas lui, le complice de Gérard. Je ne le suspectais pas vraiment mais, quand on voit Lavilliers et autres gauchos, il y a de quoi se méfier de certains Français. Heureusement, il en reste qui aiment leur pays et le défendent comme Jean-Luc... qui rate sa passe vers Manu, attaqué par Littbarski.

Jean-Luc

Finalement, c'est *lui*.

130

J'en suis sûr, d'autant qu'il quitte son poste pour aller aider Manu. Sa sortie profite à Littbarski. Celui-ci ramène le ballon vers la cage, que Jean-Luc n'a pas eu le temps de regagner. Il le poursuit/fait semblant. Marius et moi, on se précipite. Littbarski se remet dans l'axe et tire... contre notre goal, revenu à temps.

~~Jean-Luc~~

Bon, là, aucun doute : plus que cinq.

Je m'en veux d'avoir suspecté Jean-Luc mais il nous a évité un nouveau but, et c'est tout ce qui compte. Je me relâche. Erreur, puisque le ballon rebondit en direction de Kaltz. Il le reprend (stress), le contrôle (angoisse) et amorce son tir (TERREUR) mais Manu réapparaît, transformant le péril en corner.

J'expire, Kaltz aussi. Son maillot se tend et se détend au rythme de son torse transpirant. Il se ressaisit dans une longue frappe. Je l'éloigne du bout du pied, Stielike enchaîne. Face à lui, le seul à réagir est Didier. Il le tacle, reprend le contrôle. Dominique fonce, Stielike ne résiste pas à l'assaut et tombe.

Mon pote repart, se retourne pour s'assurer qu'il n'y a rien de grave. Ça, c'est Dominique. Au-delà de son talent, ce qui le caractérise est sa bienveillance en toutes circonstances. Moi, à sa place, je ne me serais pas retourné. Si, pour aller filer un coup de pied à Stielike. Et lui pisser dessus. Et le public serait ravi. Et les photographes immortaliseraient cet instant.

Littbarski relance, Gérard interfère. Oui, mais ça ne suffit pas à l'innocenter. Michel récep-

tionne et, encerclé, s'en remet à Alain → Jean →
Förster → choc ! Jean saute sur un pied en serrant son mollet. Ce soir, il en chie lui aussi. Tant
mieux, il avait besoin de cet accroc pour redevenir une bête féroce. Didier lui renvoie et Jean
sprinte vers notre troisième but. Il snobe leur
défense, tire à côté de Schumacher. Il aurait pu
faire exprès, mais un traître n'aurait jamais pris
un tel risque.

~~Jean~~

Plus que quatre.

Là-bas, Rummenigge quitte le banc et
s'échauffe. Leur double ballon d'or ; il nous
rejoindra au prochain arrêt de jeu. Je prie pour
que son claquage revienne le punir comme l'a
fait ma crampe.

Dremmler récupère. On se bouscule comme
des crayons possédés, gribouillant la pire des
anarchies. Marius envoie à Michel, Kaltz réapparaît et nos capitaines rivalisent d'efforts. Soudain,
Michel se plie – les mains sur le ventre – et
s'écroule. Coup de coude pour lui, coup franc
pour nous. Corver approche. Ils échangent un
regard. Michel s'éloigne en massant son abdomen.

Au même moment, Briegel quitte la pelouse.
Une poignée de mains et Rummenigge fait son
apparition – l'homme du Bayern. Ses yeux bleus.
Ses cheveux d'or relevés en couronne. Ses vingt-
six buts en trente-quatre matchs pendant la saison 79-80. À partir de maintenant, ils ont trois
attaquants. Nous, on n'a toujours que Didier et
Dominique.

Michel fait de ce coup franc un nouvel espoir, destiné à Maxime. Ses pieds deviennent ceux de Christian, puis de Michel. Il fait tomber les barrières allemandes une à une, mais la dernière lui résiste : Rummenigge. Il vient à peine d'entrer qu'il s'impose et passe à Fischer. Manu parasite leur plan, Gérard sauve notre goal grâce à une tête plongeante.

~~Gérard~~

Plus que trois.

Gérard, Marius et Jean n'ont donc pas trahi. Finalement, le FN a peut-être tort. Peut-être aussi qu'il ment mieux que les autres partis. Sans doute faut-il tout revoir :

Ces énarques corrompus qui restent éligibles.

Ces apôtres du changement qui sont là depuis des décennies.

Cette démocratie qui est son propre virus, assassin de notre jeunesse. Balavoine l'a dit – « *Elle est profondément désespérée parce qu'elle n'a plus d'appui. Elle ne croit plus en la politique française et moi je pense qu'elle a, en règle générale, en résumant un peu, bien raison. Ce que je peux vous dire, c'est que le désespoir est mobilisateur et lorsqu'il devient mobilisateur, il est dangereux* » – en vain.

Alors oui, tout revoir.

Tout repenser.

Tout rebâtir pour gagner, ensemble.

Manu s'y emploie et s'accapare le ballon, analysant la situation. Là-bas, Alain et Michel. Ils sont trop loin. Jean se place à mi-chemin, en intermédiaire. Exactement ce que Manu attendait. Il passe à Jean, qui passe à Alain, qui passe à Michel. Le terrain est immense, mais on ne joue qu'au centre et s'étouffe entre nous. Respirer, aérer le match...

... ce que fait Rummenigge, au plus fort de sa légende. Ce gars ne cherche pas la victoire, il l'est. Sur sa lancée, il menace à nouveau notre goal. On évite la catastrophe à une, puis deux reprises. Nos succès nous épuisent et l'on repart, à bout de souffle. Christian s'approche de moi :

— Eh ! Pourquoi tu m'as dit ça, tout à l'heure ?

— Mmm ?

— Qu'il fallait surveiller Gérard et Marius.

— Ah... je voulais dire... veiller à... car Fischer et Hrubesch ne les lâchent pas.

— C'est clair. Allez, j'y retourne !

Il regagne son poste. Je fais de même, quand la Mannschaft persiste et saigne. Sa vigueur excite le public, qui pulvérise le mur du son. Dremmler accélère, Alain le fait basculer. Sa chute ébranle le sol, expulsant des tiges d'herbe et trois petits trucs – les dents de Patrick. Lentement, elles s'élèvent jusqu'à la lune. Leur sang miroite, et les voilà dansant en lucioles rouges. Je pense à mon incisive, son émail usé, quand Corver siffle. Faute pour Alain. Non, Dremmler. Je n'y comprends rien.

Littbarski conteste, Corver l'ignore et fait – enfin – ce qu'on attendait de lui : son métier. Pendant que les autres digèrent sa décision, nous, on est déjà repartis vers leur goal. Dominique enchaîne, ralentit, repère Michel. Une passe et Didier prend le relais, à quelques mètres d'Alain.

Alain, dans l'axe de Schumacher.

Alain, qui récupère le ballon.

Alain, dans toute sa splendeur : extérieur du pied, intérieur du poteau et BUT ! Un but en trois temps, et l'éternité pour en jouir. Il explose de joie, les poings serrés à s'en faire péter les veines.

~~Alain~~

Plus que deux.

Maxime ou Didier. Je verrai après. Là, je m'abandonne à la volupté. Alain aussi, lui qui est d'ordinaire si réservé. Il ne court pas, il lévite. Il faut la voir cette image. Il faut le voir, notre héros, zigzaguer à en perdre la raison, la bouche ouverte pour mieux embrasser la vie.

On se jette sur lui, ça sent la tendresse et l'absolu. On est en finale. ON EST EN FINALE, PUTAIN ! Je n'ai jamais autant aimé le football. Le sport populaire par excellence, universel car accessible à tous : une balle, deux briques en guise de poteaux et l'humanité s'émancipe, des cités aux favelas. Dieu, que j'adore le foot.

Là-bas, Mimi et les autres se prennent dans les bras. Ils ont beau être derrière la ligne, ils fêtent ce troisième but ici, avec nous et le pays entier. Des siècles de richesse et de révolutions. Molière, Chateaubriand, Sand, Rabelais, on est tout ça et c'est ma France. Et non, je n'en finirai pas d'écrire ta chanson.

RFA : 1 – France : ...

Chapitre 15

Ressources : 18 %

« Je me répète quand je suis sous pression,
Je me répète quand je suis sous pression,
Je me répète quand je suis sous pression,
Je me répète quand je suis sous pression, JE RÉPÈTE ! »

KING CRIMSON, *Indiscipline*
Discipline, 1981

… 33333333333333333333333333333333333333
3333 ! Et oui, *JE RÉPÈTE !* RFA : 1 – France : 3 !

« Oh ! »

Une voix, au-dessus. C'est Michel, le visage dégoulinant de sueur.

— Quoi ? lui dis-je.

— T'as pas entendu ? Corver a sifflé.

— Ah… il y a faute ?

Il me fixe, consterné, puis rejoint le groupe. Moi, je me découvre en touche. Je ne comprends rien, pas plus que je ne comprends les yeux de Jean-Luc. Vitreux, entre usure et chagrin. Même regards chez les autres, qui ont tous l'air accablé. Des cornes de brume retentissent, électrocutant ma mémoire : flash-back, de Littbarski jetant ses protège-tibias au coup franc raté de Michel, jusqu'à la percée de Rummenigge.

(vertige)

Littbarski.

(palpitations)

Stielike.

(tachycardie)

Le retour de Littbarski jusqu'à Rummenigge, chef d'orchestre de notre cauchemar. Je le revis aux tréfonds de mon cerveau, dynamité par son but :

RFA : 2 – France : 3

Je n'y crois pas. Je refuse d'y croire. J'y crois en voyant tous ces drapeaux unis en arc-en-ciel noir, rouge et jaune. Qu'est-ce qui nous est arrivés ? Quand on mène 3 à 1 dans les prolongations, on ne joue plus le ballon mais le temps. On aurait dû fortifier notre défense. Au lieu de ça, on a continué d'attaquer en ouvrant notre jeu et leurs attaquants en ont profité. Mais qu'est-ce qu'on a foutu, bordel ?

Tout me revient, avec les fautes non sifflées sur Alain et Michel. Si Corver les avait signalées, les autres auraient été coupés dans leur élan et Rummenigge n'aurait pas marqué. Puis, il y a les deux autres buts qu'on a failli se prendre juste après. Breitner et Littbarski. Encore lui.

Au loin, Kaltz a le sourire aux lèvres. Ce capitaine et son galion, au seuil du Nouveau Monde. Nous, on dérive sur *Le Radeau de la Méduse*. Et l'on se bat, cherchant l'espion parmi nous. Orgie de coups – ça dégénère entre nos supporters et les leurs. Au fil des matchs, la violence s'étend. Un jour, tout ça viendra pourrir le foot.

Je vacille, me rattrape contre un panneau Gillette. Marre des pubs. Les objectifs me mitraillent. Marre des photos. Et les autres, qui continuent de se taper sur la gueule. Marre des cons. Nausée. Remontée gastrique. Revival pâtes au beurre. Leur acidité me ronge le palais, qui fond sur ma langue et le reste suit. Mon visage me coule par les sinus ; je rétrécis et me tasse jusqu'au sol. Accroupi, j'essaie de me ressaisir. Des tribunes voltigent une casquette, des canettes et un objet. Il tombe devant moi :

« tchac ! »

Couteau à cran d'arrêt. Médusé, j'observe sa lame, puis lève les yeux. Personne ne le réclame ; ne l'a vu tomber. Pas même les journalistes, qui guettent la remise en jeu. Dans ce stade, je suis le seul à savoir. Et cette lame est à une dizaine de centimètres de moi. Et il y a un traître parmi nous. Et je tends la main. Une autre ramasse le couteau – c'est celle d'Henri :

— Qu'est-ce que ça fout ici ?
— C'est... c'est tombé des gradins.

Il jette un regard méprisant vers les supporters, canalisés par des agents de sécu. Henri interpelle l'un d'eux et, à mon grand désarroi, lui remet *mon* arme. Je me sens amputé, me relève. Lui s'approche, inquiet :

— Ça va ?
— Mmm.
— Tu veux boire ?

Je refuse d'un hochement de tête, il rejoint Mimi sur le banc. Un coup de sifflet et la RFA s'échange le ballon, résolue à nous mettre un troisième but. Impossible de me rappeler qui l'a aidée. Maxime ou Didier... qui joue à Stuttgart.

~~Maxime~~

Didier. Le voilà, notre traître.

Non.

Il a raté notre meilleure occasion, mais ce n'est pas une raison. Je repense à ses actions – *Didier, qui fait une formidable percée... Didier repart au charbon... Didier dévie en touche... Didier revient à la charge... Le seul à réagir est Didier* – et ce ne peut pas être lui. Et puis, il y a sa réaction après l'agression de Patrick. Je le revois apostropher Corver, implorer sa sanction contre Schumacher. Même le plus stratège des salauds n'agirait pas ainsi. Il n'y a donc aucun collabo parmi nous. Mais ça aussi, c'est impossible.

Tout ce que je vois, c'est qu'il ne reste que...

DIDIER

... et « *ce qui reste, si improbable soit-il, est nécessairement la vérité* ». Après tout, il faut bien désigner un ennemi. J'ai honte, oui, mais je ne fais que suivre la marche du monde. Des siècles qu'il fonctionne ainsi, du premier lynchage à l'Inquisition, du Maccarthysme à cette nuit.

Alors je fonce – AAAAAAAH ! – vers lui.

Il se retourne, alerté par mon cri.

Nos regards s'aimantent.

Il se sait démasqué et recule.

La distance qui nous sépare, mes griffes la réduisent.

Je bondis en jaguar, quand Alain me bouscule pour récupérer le ballon. Je m'écroule. Sonné, *étalé sur le dos. Les yeux révulsés et la bave aux lèvres. Seuls mouvements : ses convulsions, de son torse à sa main gauche. Un poing serré,* qui s'ouvre en main tendue – celle de Didier.

J'hésite, puis me décide à saisir ses doigts. Il me tire et me voilà debout face à lui, si proche que son haleine est la mienne. Il me fixe – « Qu'est-ce qui t'a pris ? » – et sa question me porte à ébullition. Ça clapote tellement qu'il en devient flou. Inexistant. Mort. Mais non, car je ne le tue pas. Il nous reste un quart d'heure pour marquer un autre but. Dix, s'il le faut. Cette victoire, on en a besoin. Nous, Mitterrand, l'avenir.

Du coup, j'oublie momentanément Didier. D'abord remporter le match, ensuite punir le traître. Dans le vestiaire, à l'abri des caméras.

— Un problème ? me dit-il.

— Non.

— Alors, pourquoi tu me regardes comme ça ?

— Pour rien.

Je l'abandonne et retrouve Jean, qui évite tous leurs tacles. Il se prépare à tirer, mais Förster le devance. Jean a raté le coche à cause d'un boche. Facile, je sais. Tout paraît facile lorsqu'on est assis pendant que d'autres s'acharnent à essayer de vous satisfaire. Vous apporter du plaisir avec, si possible, un peu de réflexion. Pas trop, bien sûr. On n'est pas là pour gamberger, mais gagner.

106ᵉ minute.

Le corner est pour Alain. Harassé, il se dirige vers la ligne en marchant. Corver le somme d'accélérer ; sadique jusqu'au bout. Schumacher redoute le tir et, comme toujours, ordonne aux siens de le protéger. Ils s'exécutent, Dominique se poste près d'Alain, qui lui fait une passe – hors-jeu.

Förster se charge du coup franc. Breitner envoie à Hrubesch, auquel s'attaque Maxime. Lui aussi, quand je repense à tous ses efforts, je m'en veux de l'avoir soupçonné. Un jour, je lui dirai. J'en ai besoin. Maxime tente de déstabiliser Hrubesch, qui le sème. Le ballon passe de Dremmler à Kaltz, puis revient à Hrubesch. On peine à réagir.

Je me fais violence, moi qui ai tant été violenté depuis deux heures. J'attaque leurs défenseurs. Les faire tomber, tous. Mes pieds sont mes poings, le stade est mon ring. Un boxeur fou, voilà ce qu'ils ont fait de moi. Et je frappe. Encore. Encore. Encore. Encore et toujours plus vite – à chaque impact, mes poings se décharnent, résonnent dans mon crâne où Jean affronte Hrubesch et dégage au loin dans un réflexe de panique.

107ᵉ minute.

La remise en jeu est pour Breitner, impatient. Il tape dans ses mains, presse les siens de lui donner le ballon. À peine l'a-t-il reçu qu'il l'envoie à Stielike. Celui-ci tire en hauteur et oriente nos regards vers le ciel étoilé. Jean-Luc mise sur

Gérard et Marius. Ils se postent, prêts à ravir notre patrie. Et c'est là, en les voyant si impliqués, que je me sens vraiment sale. Comment ai-je pu les haïr ?

Non, *y a pas bon*.

Jamais.

Cinq ans que Banania en a fini avec son slogan colonialiste.

Cinq ans à peine. Jamais plus je n'en achèterai à ma fille.

Le ballon retombe en météorite. Gérard et Marius sautent, se percutent. Après avoir si bien joué ensemble, la Martinique et la Guadeloupe déchirent leur partition. J'ai peur, très peur en les voyant se gêner mutuellement. Le genre de moment où, malgré eux, ils peuvent leur renvoyer le...

... Mais Marius l'expulse d'un coup de tête. Corner pour Rummenigge. Un échange avec son capitaine, et il repique dans l'axe de Jean-Luc. Michel dévie son tir. Alain tend le pied, Kaltz et Rummenigge le devancent. Förster, puis Littbarski enfoncent le clou, nous crucifiant davantage. Longue frappe, tête de Hrubesch et ciseau retourné de Fischer qui met dans le mille.

RFA : 3 – France : 3

Chapitre 16

Ressources : 11 %

« Et dans les ténèbres délicieuses,
Trouver cette sensation de fin. »

BRIAN ENO, *The Great Pretender*
Taking Tiger Mountain, 1974

J'ai d'abord cru à un coup de massue, c'était en fait un rouleau compresseur. Il m'écrase, fait durer son plaisir. Un craquement, et mon crâne se fissure. Attendre que ça passe, fermer les yeux et *trouver cette sensation de fin* au son du public hystérique.

Tellement de bruit que j'en suis assourdi. Silence total. Un jour, au lycée, le prof de physique avait dit qu'en confrontant deux enceintes diffusant la même intensité sonore, leurs ondes respectives ne pouvaient que s'annuler. À l'époque, je n'y avais pas cru. Maintenant, je sais que c'est possible car c'est exactement ce qui se passe ici.

À moins que ce ne soit dû à l'égalisation de Fischer. Mythique, son but est de ceux qui bousculent l'Histoire, les consciences. Il y a eu celui de Rahn en 54 face à la Hongrie et celui de

Bochini en 78 en pleine dictature, il y a celui qu'on vient de se prendre. 8 juillet 1982, le jour où la RFA nous a botté le cul. C'est pour ça, tout ce silence : recueillement général à notre chevet.

Je vais crever. Fini la vie ; adieu chérie. Je t'aime, une dernière fois. Et adieu ces yeux, plissés de m'avoir tant donné. Ma fille aurait pu être la nôtre, mais c'est comme ça et je n'en ai jamais autant souffert que ce soir, ici, sous les yeux du monde entier. Adieu Dominique, Marin, Hervé, Jean-Hugues, Jérôme – adieu mes potes. Prenez soin de vous et continuez de bien vieillir. Moi, je n'ai plus la force de vous suivre. J'accueille la mort et sa voix résonne...

« Un beau jour ou peut-être une nuit,
Près d'un lac, je m'étais endormie »

... quand Jean réceptionne. Il me repère mais envoie à un autre, au loin. Bizarre, il a pourtant vu que j'étais près de lui.

« Quand soudain, semblant crever le ciel,
Et venant de nulle part »

Je l'aurais eu, ce ballon, pas comme Dominique qui vient de rater la passe. Ça me rend dingue, je transpire de rage.

Dans mon maillot.

Mon maillot blanc et orné... d'un aigle noir.

Et je comprends, le menton tremblant. Le traître, c'est moi. « Collabo ! » – le mot provient des gradins. Il se répète et s'aggrave, de murmures en brouhaha. Nos supporters me sifflent, me pointent du doigt. Soixante-dix mille index ligués contre l'ennemi que je suis.

Je tombe à genoux, m'abandonne aux larmes. Elles tardent à couler alors, les dents serrées, j'insiste. Je veux pleurer, me délivrer de ce venin que je destinais à Didier. Lui, si sympa et si talentueux, que j'avais exclu de mon groupe. On n'est pas obligé d'être pote avec tout le monde, mais je m'en veux.

Les larmes ne viennent toujours pas.

Et je sais pourquoi.

Je n'ai aucune raison de chialer.

Ben non, puisque Klaus a égalisé.

Et si on est revenus au score, on peut les vaincre. Mon hymne me parvient – « *Einigkeit und Recht und Freiiiiiheit, Für das deutsche Vaterlaaaaand!* » – entonné par nos supporters. Je relève la tête, puis mon corps tout entier. Debout, pour honorer ma Grande Allemagne.

109ᵉ minute.

Ulrich revient en force. Rocheteau se mesure à lui, n'hésitant pas à le pousser. Corver siffle la faute ; coup franc. Je m'en charge, envoie à Bernd. Ses yeux sont mi-clos, séparés par une coulée de sueur. Lui aussi, il se demande comment il fait pour tenir.

Amoros s'attaque à Pierre et parasite sa progression. Leur duel les entraîne hors du terrain où le Français, manquant de heurter un panneau de pub, saute dessus. Bernd le tire violemment vers lui. Clash ? Non, ils se prennent dans les bras et se tapent dans le dos, désamorçant la bombe qu'ils avaient construite ensemble. Belle image que leur accolade. Presque aussi belle que celle de Platini serrant la main de son pote, sur la civière. L'agression de Battiston me revient, perforant ma mémoire.

Je fixe Harald, devant sa cage. Pourquoi t'as fait ça ? À cause de toi, on nous retraite de nazis. Le pays n'avait pas assez souffert ? On a mis quarante ans à oser relever la tête. Ce soir, on avait l'occasion de montrer au monde qu'on était sains et t'as tout gâché. Pourquoi tu lui as foncé dessus ? C'est à cause de l'éphédrine ? Si ça te perturbe, il fallait le dire. Avant le match, quand l'ascenseur s'est bloqué, t'es devenu fou. Tu t'es acharné sur les portes. C'est pour ça que tu t'en es pris à Battiston ? Ou parce que t'as oublié ton maillot dans le bus ? Ton porte-bonheur, auquel tu tiens tant. La prochaine fois, vérifie ton siège avant de descendre, ça nous fera des vacances[1].

Corver rejoint Pierre et Amoros, prenant leur accolade pour une empoignade. Il ne siffle pas les agressions, mais s'inquiète quand tout va bien. Il déconne vraiment. À tous les coups, on va nous accuser d'avoir pactisé avec lui... comme si les insultes ne suffisaient pas.

Coup franc pour Amoros, qui pose le ballon au sol. Corver fait signe de le reculer, l'autre râle. Exaspéré, Corver le replace lui-même. Amoros se contient et laisse Trésor tirer à sa place. Il le fait avec brio mais sa frappe, trop longue, se termine en touche.

110e minute.

---

1. Les anecdotes de l'ascenseur et du maillot ont été confirmées quelques années plus tard par Klaus Fischer.

Paul relance et Horst tombe face à Tigana. Sanguin, lui aussi. Corver siffle la faute. Horst renoue avec le succès là où il l'avait laissé et passe à Klaus, à trente mètres de leur goal. S'il gère bien son tir, on est en finale. Allez, Klaus ! ALLEZ ! *SCHEIßE!* – Lopez a surgi. Mais ce n'est pas grave. En égalisant, Klaus a inversé la tendance : les Français nous ont dominés, à nous de les soumettre à présent.

Bernd reprend et va à la rencontre de Karl-Heinz. Pas son frère, mais notre attaquant. Ils se croisent, je cligne des yeux et retrouve le ballon avec Karl-Heinz – l'autre. Il les contourne par la droite, puis dégage en hauteur. Trésor dévie le tir, je transmets à Pierre. Il défonce tout sur son passage, avant de centrer. Même action, même frayeur pour leur goal. On n'a pas marqué, mais c'est tout comme : les Français sont définitivement perdus, ça se voit. *Der Sieg ist nah*[1].

Platini échange avec Bossis, attaqué par Ulrich. Coup franc pour eux. Janvion nous talonne, puis se met à boiter. Crampe. Il me fait pitié. Une seconde, seulement. Une de trop, car je n'ai pas vu Tigana franchir notre zone. Il fonce, fer de lance d'une nouvelle Révolution française. Il envoie à Giresse, qui tire en direction d'Harald. Je saute, fais de mon torse un bouclier – Mmm ! – et évite le pire.

Trois passes et nous revoilà chez eux. Leur équipe était éclatée, morcelée en régions, elle est réunie en pays : Rocheteau → Giresse → Lopez → Platini → Tigana bute sur Ulrich, pro-

---

1. « La victoire est proche. »

videntiel. Tigana n'enrage pas, trop claqué, mais le désespoir cagoule son visage.

113ᵉ minute.

Chez nous, l'anxiété domine pour cause de corner. Fidèle à lui-même, Harald nous ordonne de nous placer. Rocheteau tire, misant sur Tigana. Ce gars que je croyais brisé se réveille : il fait du ballon un missile à tête chercheuse. Harald le capture dans une sortie époustouflante. Voilà, c'est comme ça qu'on t'aime !

Il relance, partageant avec nous ce qui lui reste d'adrénaline. Les Français se savent vaincus, mais continuent de bouger. Pour finir en paix avec eux-mêmes – « Au moins, on aura tout tenté. » Certains ont des regains d'énergie, comme Six et Giresse. Ils s'en sortent bien, mais l'affaire est entendue : ils résistent comme on se cramponne à son lit de mort.

L'euthanasie se profile, Klaus se portant volontaire pour l'injection. Une piqûre de rappel, puisqu'il reproduit son but. Non, le ballon a frôlé la cage. Leur goal a sauté, il n'en peut plus. La preuve, son dégagement finit en touche. On relance vers lui, il renvoie en touche. Ça empeste la mort ; odeur dont on se nourrit. Nous étions aigles, nous voilà vautours. La nuit n'est qu'un nuage que l'on perce...

(1916)

... pour survoler Verdun. Soldats, par milliers. Ils rampent, traînant leurs intestins entre les cratères. À l'intérieur, d'autres pourrissent. Et tous ces corps embrasés. De leurs restes nous parvient une épaisse fumée...

(1945)

... échappée de Berlin en ruines où déambulent d'innombrables femmes. Nues, l'intérieur des cuisses ensanglanté. Nos cent mille Berlinoises violées par l'Armée rouge. Nos mères, nos sœurs, nos tantes, nos grands-mères hurlent à la mort. Leurs cris disparaissent dans un autre nuage...

(1982)

... et notre *Kapitän* pique du bec, s'attaquant aux survivants de l'équipe de France. Amoros tente de tacler Pierre, mais s'écroule. Platini échoue à son tour. Pierre tire vers leur goal, qui saute et bloque le ballon. Son dernier coup d'éclat, je le sais.

117e minute.

On va gagner, il le faut. En première ligne : Paul, stupéfiant après deux heures de course. Le plus coriace d'entre nous. Après les entraînements, il n'était pas le seul à picoler et à baiser de la groupie mais il était toujours opé le lendemain matin. Il y a des gens comme ça.

Ceux d'en face agonisent. Même Platini n'est plus que l'ombre de lui-même ; une ombre qui emporte le ballon et l'offre à Giresse. Putains de Français, revenus d'entre les morts. On se replie, purgés jusqu'à la moelle. Après Janvion, c'est au tour de Tigana de boiter. Il souffre, comme nous tous. Voilà bien deux minutes qu'on a oublié le match, ne jouant que nous-mêmes. Courir pour courir, drogués au martyre.

Et là, c'est la foulée de trop. Shoot ultime, auquel succombe mon organisme. Ma patrie, si jeune. Si fragile. Si complexée face à la France et sa longue histoire. Mon pays, depuis toujours en conflit avec lui-même : trop grand pour l'Europe et trop petit pour être une puissance mondiale. Épuisé d'avoir tant essayé, il jette l'éponge. Foie, rate, estomac... ils éclatent, dynamitant ma peau d'Allemagne. Je claque au sol et, la chair à vif, suinte sous les projecteurs. Quelque part, un sifflet clôt cet enfer où l'on aura testé nos limites.

No limit.
No future.
Tirs au but.

IV

FRANCE VS. RFA

Chapitre 17

Ressources : 6 %

« Seuls, plus divisés que jamais sous un même ciel,
Peuvent-ils ressusciter ? »

ART BEARS, *First Things First*
Winter Songs, 1979

Français j'étais, français je suis.

Retour à la case départ. Ce soir, j'ai combattu la République fédérale d'Allemagne, puis le Troisième Reich, la Prusse et même mon propre pays pour – au final – réaffronter la RFA. La boucle est bouclée, autour de ma gorge. Étranglé, comme les miens. On a beau être ensemble, on reste *plus divisés que jamais sous un même ciel*, noir de fatalité. Et puisque la nuit continue, moi aussi.

Français je suis, français je mourrai.

Sans vraiment savoir ce que ça signifie. Je n'ai jamais cherché à comprendre. À la naissance, tu prends ton ticket et t'avances, y a pas à réfléchir. Cette nuit, je veux savoir. Être Français, ça veut dire quoi ? Qu'on est né en France, c'est tout ? Je refuse de croire que ça se résume à un droit du sol, bassement territorial. Le sol, ce n'est que de la matière. Moi, je parle d'identité, l'essence même de ma personne.

Je veux savoir.

C'est quoi ? Se réclamer de Zola & Co. ? Oui, je suis de culture française mais ça ne me définit que partiellement. Il y a autre chose. Le fait de préférer la démocratie à la monarchie ? Voilà un truc qui me différencie d'un Anglais... Non, on a eu des rois, nous aussi. Peut-être que la réponse est fournie par les autres peuples. Pour eux, on est râleurs et arrogants. Je le suis, mais ça ne fait pas de moi un Français au sens profond – tout au plus un mec résidant en France.

Je veux savoir.

J'ai besoin de comprendre pourquoi je dois continuer à me battre, alors qu'il est bientôt minuit. Pour mon pays ? Tout ce que j'ai de français, c'est ce maillot. Si je le retire, je suis un apatride. J'aurais pu naître ailleurs, bercé par un autre hymne et bordé d'autres couleurs... mais voilà, mon drapeau est bleu-blanc-rouge. Un étendard en lambeaux, comme nous.

Assis là-bas, Michel masse ses jambes. Il se relève, fébrile, et sort du terrain. Didier le suit, les chaussettes retroussées jusqu'aux chevilles. Ses mollets respirent, eux. On rejoint Mimi et Henri, qui nous tendent des bouteilles :

« Tenez, les gars ! »

Alain et Dominique se désaltèrent, puis échangent quelques mots. Je ne sais pas comment ils font pour parler. Moi, j'en suis incapable et l'eau n'y change rien.

Mimi s'entretient avec Gérard. Il refait les prolongations, insistant sur ses erreurs, et enchaîne
avec Christian. Mon tour viendra. Je redoute
cet instant, concentré sur la bouteille. Ça y est :
« T'aurais dû faire ci, t'as eu tort de faire ça » et j'en
passe. Je subis son discours, hoche la tête entre
deux gorgées. Il continue, me parlant comme un
père qu'on veut tuer parce qu'il a raison.

Il me tape sur l'épaule. Sa main remonte
jusqu'à ma nuque et la serre chaleureusement.
« T'as été bon », conclut-il avant d'aller voir Jean-
Luc. La bouteille vidée, j'en prends une autre.
Je dévisse le bouchon ; il m'échappe. Bernard le
ramasse à ma place.

— M... merci, ça va mieux... ta cheville ?

— Oui. Tu veux t'asseoir ?

Ma réponse se noie dans une dernière gorgée.
J'essuie mes lèvres, Marius s'installe sur le banc.
Je songe à faire pareil. Non, surtout pas. Si je
me pose, je serai incapable de me relever. À côté,
Gérard retire ses chaussures. Pas de tir pour lui.
Mimi comprend le message. Il se tourne vers
Jean, qui décline à son tour l'invitation. Didier,
lui, devance sa question :

— Non.

— T'es sûr ?

— J'en peux plus, je ne veux pas jouer au
héros.

— Je comprends, mais on manque de volon-
taires.

— Mmm... d'accord... mais je tire en dernier.

Je sais pourquoi Didier a dit ça. Il espère
que les autres marqueront tous avant lui, ce
qui lui éviterait d'avoir à tirer. Mimi accepte
sa condition.

Michel est allongé sur le dos. On lui frotte les cuisses, ses yeux se plissent sous la douleur. Je détourne le regard et m'attarde sur nos adversaires, aussi ravagés que nous. Certains reprennent leur souffle, d'autres se vident une bouteille sur la tête. Un toubib s'occupe des mollets de Stielike, de glaçons en pommade. À chaque pression, son patient sursaute et grimace.

Je crois entendre ses gémissements. Le son est celui de mon cerveau concassé ; tout ce bla-bla. Mes potes ne parlent que du match, et rien au sujet de Patrick. Mimi y veille. Il a raison, c'est pas le moment. J'espère juste qu'il n'est pas arrivé un malheur entre-temps. Mimi serait capable de ne rien nous dire, il peut tout supporter. J'observe ses yeux pour vérifier s'ils sont rougis d'avoir pleuré. Lui, surpris :

« Qu'est-ce qu'il y a ? »

Je ne réponds pas, pétrifié. Car il m'apparaît vieilli, comme Alain et les autres. Front ridé, cheveux blancs, cataracte.

Non, ne pas regarder mes mains. Surtout pas, mais je ne peux résister à la tentation. Je les découvre veineuses, ponctuées de taches. Et mes doigts tordus d'arthrose. Des doigts horribles que j'approche de mon visage, osseux. Je remonte les mains de mes joues creusées à mes cheveux ; ce simple contact suffit à les faire chuter.

J'ai 80 ans – au moins – et je vais devoir sacrifier mes derniers neurones, mon dernier souffle à l'un de ces fichus tirs au but. Du jamais vu dans l'histoire d'une Coupe du monde. Ce soir, le public en a pour son argent. Les grandes enseignes, aussi. Plus de temps, donc plus de pubs à la télé. Je ne suis qu'un interlude entre une lessive et du PQ.

Las, je me laisse tomber sur le banc. Je ne me relèverai pas, puisque Mimi a tranché : ce sera à Alain, Manu, Dominique, Michel, Maxime et Didier de tirer. Les meilleurs ou les moins exté-nués. Je ne sais pas et je m'en fous, car je suis exclu. OK, je n'ai marqué aucun but, mais j'ai assuré pendant tout le match.

Mais je suis puni. Ça doit être à cause de ma crampe. Oui, puisque Jean et Gérard sont eux aussi privés de tirs. C'est dur de rester ici. J'aurais tant aimé être l'un d'eux et humilier ce salopard de goal sous les yeux du monde entier. Tant pis. De toute façon, j'ai abattu toutes mes cartes. Et je suis fatigué, tellement crevé que je me sens dépressif. J'ai envie de dormir...

Chapitre 18

Ressources : néant

« *Je te veux, j'ai tellement envie de toi,*
Ça me rend fou. »

THE BEATLES, *I Want You (She's So Heavy)*
Abbey Road, 1969

... mais je veux cette finale. Je ne l'ai que trop rêvée. *Je te veux, j'ai tellement envie de toi, ça me rend fou* alors vas-y, laisse-toi prendre. T'en as pas marre de te faire désirer ? Pour toi, on s'est tous surpassés. On y a laissé des plumes et même des dents. Ça ne te suffit pas ? Allez, viens, tu ne le regretteras pas, je te le promets.

Les jambes lourdes, Alain et les autres regagnent le terrain. Cette herbe abîmée, massacrée par notre acharnement. Nos supporters les applaudissent – nous aussi. Confiants mais anxieux en voyant avancer Hrubesch, Rummenigge, Kaltz, Breitner, Stielike et Littbarski. Les deux premiers sont ceux qui ont le moins joué, ils débordent d'énergie. Quant aux autres, ils se sont réveillés lors des prolongations. Ça va être dur.

Les spectateurs le savent et font monter le mercure. Corver cesse de discuter avec les juges. Il ressort sa pièce, la lance en l'air...

... et je refais le match. Une demi-finale où, dès le début, Corver rappelle à l'ordre Schumacher pour qu'il se calme. Dès lors, aucune provoc, ni agression envers Patrick. Et son but, fantastique. Et celui de Dominique, validé. Et le tir de Manu, qui ne touche pas la barre et finit dans les filets...

... lorsque la pièce retombe : à nous d'ouvrir le bal. Alain s'oriente vers la cage de gauche, où la plupart des buts ont été marqués. Bon ou mauvais présage, je n'en sais rien. Corver et les juges le suivent, tout aussi fantomatiques. Le seul à courir est Schumacher – là, aucun doute, c'est mauvais signe.

Il se plante devant la cage et, mastiquant un chewing-gum, attend. Alain pose le ballon, va se positionner mais ne se retourne pas. Il impose son dos à Schumacher pour lui signifier l'étendue de son mépris. J'aurais fait pareil. D'ailleurs, j'en crève de ne pas être à sa place. Tourner le dos à cet enfoiré ; ça doit l'irriter considérablement. Et de l'énervement à la déconcentration, il n'y a qu'un pas. Une foulée. Un but.

Les bras le long du corps, la tête inclinée vers le bas, Alain semble se recueillir. Je sais à quoi il pense, à qui. Assis dans le rond central, les autres examinent leurs éraflures et leurs hématomes. Vu d'ici, tout ça ressemble à un colloque de zombies.

Corver discute avec Jean-Luc, puis va se placer en retrait. Alain se retourne enfin, défiant Schumacher. Ils ne se quittent pas des yeux. On y est ; tout le stade retient son souffle.

Je vais craquer.

Alain analyse la cage, je le sens. Lucarnes ? Sol ? Gauche ? Droite ? Il recule d'un pas et arme – clac ! – son corps – clac ! – pour enclencher sa vindicte. Et c'est là, en le voyant s'élancer, que je préfère finalement être à ma place. Tout ce stress. Toute cette pression. Toutes ces heures d'entraînements et ces centaines de blessures...

France : 1 – RFA : 0

... dans les filets ! But net et précis. Schumacher en prend acte et on respire, après quoi les goals s'échangent. Mêmes maillots. Mêmes gueules. « Même pas peur » – ce que je lis dans les yeux de Jean-Luc malgré les mètres qui nous séparent.

Kaltz avance. On a envoyé un milieu de terrain, ils répondent par leur capitaine. Ça aussi, c'est un signal. Jean-Luc balance ses bras, se prépare à bondir. J'ai cru mourir avec le tir d'Alain mais là, c'est pire.

Je vais craquer.

Peur, comme jamais auparavant. Toutes les peurs de ma vie, de mon premier frisson dans le noir à l'évacuation de Patrick. Elles tourbillonnent, réduisent ma foi en notre goal. Je veux y croire, mais il m'apparaît attaché à un peloton d'exécution. Il a fallu qu'il remplace Schumacher pour que je comprenne ce que sont réellement les tirs aux buts.

Kaltz avale sa salive, puis s'élance. Le joueur devient tireur, le ballon devient balle...

France : 1 – RFA : 1

... et marque au grand bonheur des Allemands. Le « flap-flap » de leurs drapeaux pollue ma tête, que je baisse. Incapable d'assister à un autre tir. Si, il faut que je sache. Alors, ma fichue tête, je la relève.

D'un goal à un autre, de Kaltz à Manu. Il marche d'un pas militaire. Dans ses yeux, toute la hargne du monde. Dans sa bouche, un chewing-gum qui en fait les frais. Schumacher et lui se fixent, rivalisant de mastications.

Je vais craquer.

Corver a posé le ballon, mais Manu ne peut s'empêcher d'apporter sa touche personnelle. Replacer ce qui était installé, stabiliser ce qui était immobile. Gestes essentiels : il marque son territoire. Schumacher le sait, c'est pourquoi il ajuste son gant gauche. Manu fait deux pas...

France : 2 – RFA : 1

... et un point d'avance, un ! Français et Espagnols, nos supporters fêtent son but de cris en nouvelles bières. Ils décapsulent – pchiiiiii ! – ma boîte crânienne et Manu repart. Je t'adore, mec. Pour ce sang-froid, cette manière que tu as de courir tranquillement après avoir battu leur goal.

Breitner approche, tête baissée. L'homme de la finale de 74. Son panache, son penalty qui lui avait permis d'égaliser. J'y vois un signe prémonitoire et, les mains jointes, je me répète que ça remonte à presque dix ans. Depuis, il a perdu de sa superbe. Un peu. Pas assez.

Il avance d'un pas assuré, pose le ballon au sol et, toujours tête baissée, va se placer. Jean-Luc réajuste son short, se penche en avant. Breitner s'arrête derrière la ligne, se retourne tel un robot et c'est là qu'il relève la tête.

Je vais craquer.

Leurs regards se croquent. Sergio Leone n'est pas loin. *Il était une fois Séville*, où le vent résonne en harmonica. Breitner court...

France : 2 – RFA : 2

... et lève son poing triomphant. Ce but, Jean-Luc l'a regardé passer comme on rate un train. Breitner repart sous les hourras, en direction d'un repos bien mérité. Ils nous ont envoyé un esthète, on riposte avec l'un des nôtres : Dominique et non « l'ange vert ». Maintenant, je sais pourquoi il déteste ce surnom. Marre des étiquettes. Marre des cases où l'on nous enferme. Marre de moi, qui contribue à tout ça en redoutant le « monstre » Hrubesch.

Schumacher est à son poste, les doigts plantés dans ses genoux. Dominique va se placer. Sa crinière fouette sa nuque durant huit interminables secondes, puis se fige. Il est prêt. Puissance ou finesse, il tranche...

France : 3 – RFA : 2

... et marque en contre-pied, comme l'a fait Breitner. Je n'ose pas imaginer à quel point

162

ça a dû hurler à Étaules, où a grandi le p'tit Dominique. Larqué aussi peut être fier. Il l'est, à en croire le cri qu'il a poussé. À moins que ce ne soit le mien. Là, j'y ai laissé mes cordes vocales.

Dans le rond central, Didier fait des étirements. Il se prépare déjà, alors qu'il est censé passer après Michel. Je flippe, essaie de me focaliser sur Jean-Luc. Il semble moins concentré. Une impression. Juste une impression.

Je vais craquer.

Face à lui, Stielike. Celui-ci recule, puis s'arrête. Je retiens ma respiration...

France : 3 – RFA : 2

... et Jean-Luc repousse le ballon. Il rebondit, j'exulte en le voyant tourner comme tourne le stade – manège féerique.

Stielike est recroquevillé, la tête entre les mains. Schumacher le relève de force et ce que je vois me saigne de l'intérieur : Stielike éploré, cachant son visage. À travers lui, c'est toute notre souffrance qui s'exprime. Il dégouline de culpabilité, cette honte qui en fait un bossu. Viens, Ulrich. Viens, qu'on chiale ensemble. Allez, viens dans mes bras. Littbarski s'en charge. Il l'enlace, une main sur l'épaule et l'autre sur sa nuque.

À côté de moi, les miens célèbrent l'instant. Oui, Jean-Luc a contré le tir. Oui, on a un point d'avance, mais il y a quelque chose d'obscène à hurler de joie pendant que Stielike est en détresse. Plus le nirvana est grand, plus sa disgrâce s'étend. Ce contraste m'écœure. Et tandis que les miens font la fête, je ne vois que le calvaire de cet homme.

Que je.

Suis.

Et je.

Craque.

Didier défie Schumacher, qui frotte ses gants l'un contre l'autre. Étincelles, puis flammes à la place de ses mains. Et son regard satanique, comme ces pubs. Coca, JVC, Winston & Co. se brouillent à la vitesse de Didier, lui aussi métamorphosé en démon. Nous tous, jusque dans les tribunes où nos suppôts agitent leurs drapeaux. Terrifié, j'y découvre le symbole de leur patrie : « $ ». Ils vénèrent le dollar du monde à venir. On a eu Hugo et Jaurès, mais cette époque est révolue. Désormais, les modèles qu'on nous présente sont bien différents.

Tapie : le pilote automobile recyclé en chanteur, puis homme d'affaires.

Sulitzer : le créateur de gadgets, devenu consultant et romancier.

Et tous les autres. J'ai peur. Cet opportunisme assumé. Ces entreprises rachetées un franc. Ces milliers de licenciements. Peur de ce qu'ils nous feront avec Reagan, Thatcher, Berlusconi et sa télé au logo dominé par un serpent. $erpent contre lequel on ne pourra pas lutter. Un jour, on aura nos noms sur nos maillots et on sera stars avant d'être footballeurs. Un jour, on collera des sponsors sur des mômes achetés au tiers-monde. Un jour mais pas aujourd'hui, car on ne joue pas pour le fric. On n'a jamais rêvé de ça. Alain a débuté charpentier, Jean était facteur, Maxime a passé son adolescence dans la ferme familiale. Même simplicité pour Kaltz et les siens.

Ce qui nous tient depuis toujours, c'est la passion. Didier en fait l'éclatante démonstration face à Schumacher... qui expulse le ballon.

France : 3 – RFA : 2

Stielike s'était écroulé, Didier le fait à son tour. Après avoir tout donné, il a tout perdu. Effondré, il se balance en tremblant. Je m'en doutais et ça se confirme : la vie est une salope. Elle nous l'avait promise, cette place en finale. Elle la tenait dans sa main, l'agitant au-dessus de nos têtes, et l'a jetée au loin.

Anéantis, on ne fait plus qu'un avec le banc. Notre sueur, nos larmes nous ont soudés au bois qui tremble avec nous. Mimi est le seul à rester de marbre. Quelle force. De quelle planète vient-il ?

Pas la mienne, où Didier se retire en traînant les crampons. Ces pieds prodigieux qui nous ont offert le Mondial ; tragique destinée que celle de mon pote[1].

Didier s'éloigne, aussi inconsolable que Stielike, toujours en larmes. Littbarski le délaisse pour aller tirer...

---

1. Didier Six s'est depuis exprimé sur son échec dans le *France Football* du 6 juin 2012 : « *On m'a dit : c'est à toi ! J'ignore qui a inversé l'ordre, mais je me suis retrouvé avant Michel qui était finalement le cinquième* [...] *Je ne me cherche pas d'excuse mais cela a pu jouer sur le plan psychologique.* » Par ailleurs, précisons que son tir n'a pas été filmé, le caméraman étant focalisé sur Stielike. Ce fait a conduit de nombreux Français à suspecter Six d'avoir volontairement raté son tir, eu égard à son amitié avec certains joueurs Allemands. Précisons également que Jean-Luc Ettori a lui aussi été très critiqué car, soi-disant, il n'avait pas « suffisamment » plongé.

France : 3 – RFA : 3

... et envoyer dans les filets. Son but relance les pleurs de Didier, sur le banc. La vie continue de s'amuser, nous remettant à égalité. Et j'aime pas ça, l'égalité. C'est des conneries. « Liberté, égalité, fraternité » – je hais cette devise. Je la hais autant que ceux qui me l'ont inculquée et m'ont toujours fait la morale. Mes parents ; des cons. Les instits ; des fainéants. Les socialistes ; des menteurs comme les autres. Tous des pourris aux idées pourries dans un monde pourri...

France : 4 – RFA : 3

... que notre capitaine purifie d'une frappe cristalline. But, par la droite. Il aurait pu reproduire son penalty, mais Schumacher s'y attendait et Michel le savait.

On reprend l'avantage, plus forts que la vie. Elle avait confisqué notre place en finale, on est allés la chercher. Michel la conserve précieusement dans sa paume, serrant le poing. Ovationné, il porte les mains à ses cheveux comme pour les arracher. Son but ne lui a pas suffi. Notre goal et lui se croisent dans un regard implicite :

— *Balle de match, Jean-Luc, on compte sur toi.*

— *Je sais.*

— *Je sais que tu sais, mais j'ai besoin de te le dire.*

— *Et moi, j'ai besoin que tu me foutes la paix.*

Michel desserre ses doigts et laisse cette victoire accompagner Jean-Luc jusqu'à la cage. Il y croit, moi aussi. Mon cœur ne palpite que pour lui, tous nos cœurs. Fini, les clans et les conflits d'ego : Michel et Jeff se retrouvent en une seconde de rêve. Quant à Jean, il cesse d'être jaloux et soutient notre goal. Je le sens, je sens tout ça. Jamais notre harmonie n'a été aussi perceptible.

Rummenigge tarde à poser le ballon. Il le tourne et le manipule comme un Rubik's Cube, jouant avec les nerfs de Jean-Luc. Ça y est, il se décide à reculer. Assis à l'écart, Stielike lève la tête. La scène lui est trop insoutenable alors il se referme, le front appuyé contre ses genoux.

Je veux faire pareil. Mais il faut que je regarde. Un tel moment, ça ne se rate pas. J'ai assisté à la naissance de ma fille, j'ai tenu la main de ma mère à l'hosto, je verrai Rummenigge tirer...

France : 4 – RFA : 4

... et annuler notre place en finale. Jean-Luc n'a pas eu le temps de réagir. Hagard, il est ailleurs. Moi aussi. Cette victoire volée, c'est un rapt. Ma fille kidnappée, tuée sous mes yeux. Et chaque seconde profane davantage son cadavre, dont il ne reste rien.

Acclamé, Rummenigge repart en courant. Il croise Schumacher, qui échange quelques mots avec Corver et un sourire.

L'image de trop.

Paranoïa.

Non, pas de quoi s'emballer. Comme nous, Corver a été sous tension durant tout le match alors s'il déconne avec lui, ce n'est que pour lâcher du lest. Ça doit être usant d'être arbitre. Mais cette nuit, Schumacher n'est pas qu'un goal et personne ne peut oublier *ça*.

Surtout pas Maxime, qui se lève. Il fait déjà partie de l'Histoire, il va juste y mettre un terme. Un point final ; point d'exclamation qu'on dupliquera à l'infini. Il avance sans aplomb, ni réticence. Il marche, tout simplement. Timide, comme l'est toujours une dernière chance.

(5 mètres)

Il réajuste l'élastique de son short. Geste sans doute inconscient, qui lui évite de fixer Schumacher. Regarder l'herbe. Ne pas écouter ces cris à sa gauche...

(4)

... et il tourne la tête, déconcentré. On va perdre. C'était écrit dès le début : son numéro, c'est le 4 et on en était à 4 partout. Ces trucs-là n'arrivent pas par hasard.

(3)

Pour marquer un autre but, il fallait envoyer Gérard, notre numéro 5. Mais il était cuit et on va perdre. Non, car Maxime s'est repris. Je le vois dans ses yeux.

(2)

Schumacher est aux aguets. Comment tient-il, lui aussi, dans ce cataclysme d'émotions ? Leur légende commune, où ils se font face.

(1)

Maxime stabilise le ballon. S'il marque, on est en finale pour la première fois. Ma France est imparfaite, mais j'ai envie qu'elle y goûte. Dans « Coupe du monde », il y a « monde ». La Terre, à laquelle on offrira nos valeurs et la richesse de notre culture. Partager. Le sport, la vie, ce n'est que ça.

Maxime y croit plus que nous tous réunis. Son cerveau – pression de cinquante-cinq millions de bars, cinquante-cinq millions de Français. Sur ses épaules, il y a nous, Kopa et les autres, entassés en pyramide intergénérationnelle. Avec au sommet, Maxime pesant de tout son poids sur lui-même. Et le rêve d'une vie, c'est lourd. Très lourd.

Peut-être est-ce pour ça qu'il baisse la tête.

Peut-être est-ce pour ça qu'il court voûté.

Peut-être est-ce pour ça qu'il n'y a pas but.

Non, puisque Schumacher a sauté et contré le tir des deux mains. Il se remet debout et, tout en self-control, lève le poing. Ce geste s'adresse à son peuple. Plus il serre ses doigts, plus la RFA et la RDA se retrouvent en Allemagne, cimentée dans l'allégresse.

Maxime, lui, est accroupi. « Le grand Max » est tassé, si petit face à l'ampleur de son échec. L'épuisement a fini par avoir sa peau. Schumacher s'éloigne, le stade vibre et mon pote est figé. Je pense à Pompéi, ses morts statufiés. Le regard vide, Maxime déplie sa silhouette. Il ne sait pas quoi faire de ses mains ; pas quoi faire du tout. Si, baisser les yeux et rejoindre le groupe.

Il croise notre goal, assis dans l'herbe. Jean-Luc se relève, essoufflé d'avoir fait si peu. Ça pue le cancer en phase terminale, mais il y va. Hrubesch avance à son tour. Le dernier homme, dernier acte de notre supplice. S'il gagne, on perd. C'est aussi simple et cruel que ça. On/off. Jour/nuit. *I want you/I want you so bad.*

Hrubesch se dirige vers le ballon et, sur le point de le toucher, fait un signe à Corver – « Ça va, pas la peine. » Son assurance me glace ; je pressens quelque chose de terrible. Quelque chose contre lequel toutes mes cellules se coalisent et qu'elles refusent en bloc. Hurbesch se place derrière la ligne. D'un revers, il essuie son visage transpirant...

NON.

... puis s'élance...

NOOOOOON !

... et ma tête tombe, rebondit au tempo euphorique de la Mannschaft. Ça y est, la corrida est finie. Tout est fini, et ils sont en finale.

Après un soleil, une lune, d'innombrables fautes et chutes, des prolongations, une agression sans précédent dans l'histoire du football ainsi qu'une civière, deux barres transversales, trois cartons jaunes, quatre as d'un « carré magique », cinq crampes, six altercations, sept buts dont un invalidé, huit suspects, neuf packs de bouteilles, dix occasions ratées, onze Allemands insultés et douze tirs aux buts, le destin a tranché : ce sont eux qui affronteront l'Italie.

En transe, Hrubesch implose. Les siens se jettent sur lui et tous arrosent le stade de leur coït.

Nous ?
Moi ?
I wanted you so bad.
So bad.

Vendredi 9 juillet 1982

Minuit et mes poussières, vestiaire

Terminus, tout le monde descend.

« *Première station avant l'abattoir* », Céline avait donc raison : on était tous condamnés depuis le début. Il le savait mieux que quiconque, s'étant lui-même perdu. Heureusement, il nous reste la lucidité qu'il avait à ses débuts. Elle n'efface pas son antisémitisme, mais ça aurait pu être pire. Céline aurait pu avoir tout faux. Passer sa vie à se tromper, comme moi.

J'avais un rêve. Un pur rêve de « prolo », démesuré. Dans la vie, quand t'es petit, tu vises haut. J'ai toujours cru que les poubelles du quartier avaient décidé à ma place ; c'était plus subtil que ça. Elles m'ont donné l'envie de fuir, mais c'est le foot qui m'a montré la direction. Et quand tu le découvres avec Kopa, Piantoni et Fontaine, t'y vas en courant.

Pourtant, je ne les ai jamais vus jouer. À l'époque, je tétais encore ma mère. Et même si j'avais été en âge de comprendre ce qu'était un match, je n'aurais pas pu en voir un : une télé, c'était trop cher pour mes parents. *La Piste aux étoiles*, on allait la voir chez le voisin du dessus mais un jour, il a déménagé et le cirque est parti avec lui.

Je n'ai vu aucun de leurs matchs, mais leurs exploits sont gravés dans ma mémoire. C'est grâce à papi. Tous les dimanches, après sa sieste, on montait au grenier. Là, il ouvrait son armoire, sortait ma sucette, son paquet de gitanes et son gros classeur. Un nuage de tabac, et on retrouvait sa collection d'articles découpés dans *L'Équipe*. Alors il se mettait à parler, mimant les buts des uns et des autres. J'étais si captivé, je m'excitais sur ma sucette. C'est pour ça, mon incisive.

Cette usure au coin de ma dent, c'était mon rêve imprimé. Je lui ai tout sacrifié. Ma jeunesse, ma famille. Courir après un ballon... faut vraiment être con. J'aurais dû être musicien ou écrivain. Ça ne change pas le monde, mais ça permet de le supporter. Or, mon rêve était différent et je l'ai perdu. Désormais, plus rien ne sera comme avant. Ce soir, on a tous assuré et on a tous foiré à un moment ou un autre. Les boches aussi mais eux, ils sont en finale.

Leur bonheur est notre malheur. Si extrême qu'il s'est matérialisé en corbeau de spasmes et de larmes. Il quitte mes épaules pour peser sur celles de Jean, puis des autres. On est une trentaine dans ce vestiaire et on pleure tous sauf Mimi, bien sûr. Il ne manque que Maurice et Patrick, encore à l'hosto. On n'a toujours aucune nouvelle et ça aussi, c'est atroce.

Tout se mélange : Patrick, Corver, la défaite, les « et si » obsessionnels... et je chiale avec Marius. Je ne le reconnais plus, sa tristesse l'a défiguré à l'instar de Maxime. Henri a beau essayer de le consoler, il continue de culpabiliser. Pareil pour Didier. Prostré sur la douche, il ressasse son échec. Mimi le secoue, en lui disant ce qu'il ne cesse de répéter depuis une demi-heure. Que ça ne sert à rien de se lamenter. Qu'il faut partir. Que la vie continue.

Mais c'est faux, Mimi le sait bien. Pour nous, la vie a cessé. On tape contre la porte.

« PLUS TARD ! » hurle Henri.

On cogne à nouveau, il entrouvre. J'aperçois Kaltz et les siens, ils proposent d'échanger nos maillots. Comment peuvent-ils oser ? Henri leur demande de nous laisser, de « Pas maintenant » à « On verra plus tard ».

Kaltz balade son regard compatissant dans le vestiaire, après quoi la porte se referme sur eux. Merci, Henri. Je n'aurais pas pu échanger mon maillot contre l'un des leurs, ç'aurait été au-dessus de mes forces. Ni cette nuit, ni demain je ne porterai les couleurs de nos tortionnaires. Jamais.

Et plus jamais je ne franchirai le Rhin.

Plus jamais je ne mangerai de choucroute.

Plus jamais je ne boirai de bière allemande.

Plus jamais je ne contemplerai un aigle.

Plus jamais je ne plaindrai les gens de la RFA.

Plus jamais je ne plaindrai les gens de la RDA.

Plus jamais je n'applaudirai du Brecht.

Plus jamais je ne lirai Goethe et Schopenhauer.

Plus jamais je ne frimerai en citant Nietzsche.

Plus jamais je ne verrai de films d'Herzog.

Plus jamais je n'écouterai Nina Hagen.

Plus jamais je ne conduirai une Volkswagen.

Plus jamais je n'écouterai *Berlin* de Lou Reed.

Plus jamais je ne rirai devant *La Grande Vadrouille*.

Pour toujours et à jamais, je refuse tout ce qui se rattache – de près ou de loin – à cette nation que je n'ai même pas envie de nommer, tant elle me débecte.

De toute façon, je vais crever. Cette fois, c'est sûr. Je ne suis pas surpris, j'ai toujours su que je n'atteindrai pas les 40 ans. Les écorchés ne finissent jamais vieux, ils vivent trop. J'ai toujours eu un rapport passionnel à la vie, ne m'autorisant que de rares heures de sommeil pour mieux profiter d'elle. Dormir peu et me lever comme je m'étais couché, débordant d'ambitions. Des envies déguisant mes besoins, pour me soulager de ce monde infâme. Durant mon existence, je n'ai fait qu'essayer de le fuir. Courir jusqu'à l'épuisement total, mais on ne peut pas faire ça jusqu'à 70 balais. Donc oui, tout est fini. La France socialiste a perdu. Elle a déjà raté sa chance, je le sais au fond de moi et l'Histoire me donnera raison.

On retape contre la porte. Là, c'est moi qui crie – « ON A DIT NON ! BARREZ-VOUS ! » – mais la porte s'ouvre néanmoins. Hors de moi, je bouscule les miens pour aller empoigner ces sales b... Je me retrouve face à Maurice. Je recule, il entre, referme derrière lui. Ceux qui étaient assis se lèvent, ceux qui étaient sous les douches nous rejoignent...

(plic)

... et dégoulinent sur le carrelage. L'écoulement des gouttes fait de cet instant un suspense infernal.

(ploc)

Des questions connes me viennent à l'esprit, de « T'es revenu de l'hosto ? » à celle à laquelle nous pensons tous.

(TIC)

J'ai terriblement peur de la lui poser, parce que Maurice est blême et que ses yeux sont inondés.

(TAC)

Le cœur battant, je canalise ma question. Elle filtre entre mes dents, gerçant mes lèvres d'anxiété :
— P... Patrick ?
— Il s'est réveillé.
Je soupire de soulagement, les autres aussi. Mes larmes cessent de couler. Elles ont besoin de moi pour savoir quoi faire, alors je continue :
— Et... et sa colonne ?
— Il n'est pas paralysé.
Je me remets à pleurer mais, cette fois, c'est une délivrance. Mimi se fraye un passage jusqu'à Maurice, qui poursuit :
— Il a un traumatisme crânien et une fissure à la deuxième vertèbre cervicale.
— Il risque quelque chose ?

— Non. Patrick doit encore passer des examens et devra se faire opérer de la mâchoire, mais il est hors de danger.

— Mais... si ça va, pourquoi tu pleures ?

— Ben, on a perdu, non ?

Mimi acquiesce et s'abandonne à l'émotion, lui qui se contenait jusqu'ici. Il prend Maurice dans ses bras. On fait de même, entre nous.

Moi, c'est Marius que j'enlace. Et je le serre, me libérant de cette haine qui m'a tant empoisonné. Ce soir, j'en ai eu pour tout le monde : les joueurs allemands, leurs supporters, l'arbitre, le public, les journalistes et même mes propres potes. Et c'est là, après avoir dérivé aux confins de l'Abject, que je comprends enfin :

Bleu – mes veines.
Blanc – mes os.
Rouge – mon sang.

L'important n'est pas d'être français, mais de s'accepter comme tel. S'accepter pour mieux accepter l'autre, qu'il soit allemand, malien ou je ne sais quoi. En finir avec ces barrières inutiles que sont le racisme, les religions, l'exclusion. Noirs, Blancs, catholiques, musulmans, juifs, hétéros, homos... on est pareils. Tous mortels. Alors, qu'on arrête nos conneries et qu'on profite de la vie, ensemble.

Quant aux enfants d'immigrés, ils sont aussi français que nous. Et allez, même leurs parents. Ils ne sont pas nés ici, mais on s'en fout : on a aussi de l'amour pour eux. « Amour » – le plus beau mot de la langue française, si intense et si agréable à formuler que j'en souris.

Oui, même si on ne jouera pas la finale. Je mettrai sans doute des années à m'en remettre. Peut-être même que j'en ferai une dépression. Si ça se trouve, dans trente ans et plus, des gars qui ont l'âge que j'ai aujourd'hui m'arrêteront dans la rue pour me questionner sur ce match.

Mais on n'y est pas encore. Maintenant, c'est Séville. Ce vestiaire. Ma famille. Et quand ma fille me parlera de cette demi-finale perdue, je lui dirai tout ce que j'ai gagné.

Note de l'auteur

L'annonce du réveil de Patrick Battiston ne s'est pas déroulée ainsi, mais ce n'est pas important. Ce qui l'est, c'est qu'il a survécu à son agression. Pour ceux et celles qui souhaitent connaître les détails de sa convalescence, je les invite à lire l'ouvrage, particulièrement touchant, *Séville 82*, de Pierre-Louis Basse, ils y trouveront les éléments qu'ils recherchent, et bien plus encore.

9 juillet :
Le lendemain, *L'Équipe* rend hommage à la performance des joueurs français sous le titre « *Fabuleux !* ». À l'image de cette une, l'ensemble de la presse relate le match sans trop insister sur l'attitude de Schumacher.

Le même jour, le chancelier Helmut Schmidt adresse un télégramme à François Mitterrand dans lequel figure cette phrase : « *Le jugement de Dieu, qui dans les mythes classiques est la caractéristique de chaque duel, a voulu que la chance soit du côté allemand. Nous partageons les sentiments des Français qui ont tout autant que nous mérité la victoire.* »

10 juillet :

La France joue contre la Pologne et s'incline 3 à 2, perdant ainsi la troisième place du classement du Mondial.

Dès lors, la presse française se déchaîne, désignant entre les lignes Schumacher comme unique responsable de l'échec de l'équipe de France. Pour ne citer que deux journaux généralistes, *Le Figaro* publie un article de Jean-Pierre Lacour où il est dit que « *les Allemands n'avaient pas caché leurs intentions : imposer leur force et leur esprit de corps aux Français* » tandis que Michel Diard fait dans *L'Humanité* un parallèle entre le goal allemand et le personnage de l'un de nos films les plus célèbres, qui portent tous deux le même nom : « *Comment ne pas penser à Jean Renoir et à son chef-d'œuvre La Règle du jeu, et à ce personnage de garde de chasse, Schumacher, qui tire sur tous ceux qui ne pensent pas et ne font pas comme lui.* »

« Force », « esprit de corps », « garde de chasse »... le vocabulaire militaire est bien choisi : la presse glisse peu à peu d'une critique justifiée envers Schumacher au ressentiment antigermanique et ce, malgré le communiqué rédigé par Mitterrand et Schmidt destiné à apaiser les tensions.

11 juillet :

La RFA joue en finale face à l'Italie et perd 3 à 1. Cette défaite ravit des millions de Français, qui y voient un juste retour des choses. Traité de « nazi » en Espagne comme en France, Schumacher est également accusé par son propre peuple d'avoir ravivé l'hostilité contre les Allemands.

13 juillet :

La presse continue, plus préoccupée par Schumacher que par la convalescence de Battiston. *France Football* publie un article dans lequel il est dit que les joueurs Allemands « *se mirent à durcir leur attitude, comme s'ils cherchaient des arguments ailleurs que dans le football* », ce qui contribue à envenimer le climat ambiant.

Elle culminera dix jours plus tard avec l'article de Jean Cau dans *Paris Match* : « *Tout est guerre. De 1914 à 1940. De 1982 où, pour la troisième fois en un siècle, la France rencontrait l'Allemagne dans un match capital et sur le champ de bataille de Séville. Je sais que nous dirons vite que, là, c'était du sport, mais... Mais le fascinant, l'étrange et le troublant spectacle ! D'un côté, l'Allemagne dans la force et la puissance de ses divisions blondes et rousses. De l'autre, la France et ses héroïques "petits".* »

15 juillet :

Une semaine après la demi-finale, des retrouvailles sont organisées à Metz entre Battiston et Schumacher sous la pression des médias des deux pays. Leur poignée de main a été immortalisée sur cette photo, hautement symbolique.

CONFÉRENCE DE PRESSE BATTISTON/SCHUMACHER
© *L'Équipe*

16 juillet :
Patrick Dewaere se suicide à son domicile,
en se tirant dans la bouche avec sa carabine 22
long rifle.

Le match en dix citations

Manfred Kaltz :
« Platini, Giresse, Tigana, de vrais artistes du ballon [...] Parce que la France était en face, nous étions nerveux. » (*Old School Panini*)

Gérard Janvion :
« Notre malheur, c'est la blessure de Battiston. Dans ma tête, on a perdu un copain [...] On est perturbés, déconcentrés. » (*L'Humanité.fr*, 8 juin 2002)

Harald Schumacher :
« Je regrette évidemment ce qui est arrivé [...] Mais je ferais la même sortie si l'action devait se reproduire. C'était le seul moyen d'avoir la balle [...] On m'a traité de nazi, j'ai reçu des menaces de mort. Mes enfants ont aussi été menacés. J'en ai souffert. » (*Le Figaro*, 26 février 2012)

Charles Corver :
« Une infraction qui n'a pas été constatée attire toujours plus d'attention et de critiques que dix mille bonnes décisions. » (*RTL*, 8 juillet 2012)

Alain Giresse :

« Nous sommes devenus des bêtes [...] Plus jamais je n'ai retrouvé sur un terrain cette cruauté dont nous avons fait preuve. » (*Séville 82*, Pierre-Louis Basse)

Karl-Heinz Rummenigge :

« Trente ans après, je tiens encore à m'excuser que notre gardien de but ait eu une telle attitude. » (*France Football*, 6 juillet 2012)

Didier Six :

« On m'a collé une image de perdant qui m'a fait rater la finale de l'Euro 1984 et la Coupe du monde 1986. Je me suis rendu compte, quelques années après, que j'étais un bouc émissaire. » (*France Football*, 6 juillet 2012)

Horst Hrubesch :

« Je suis sûr que si la France avait atteint la finale, elle aurait gagné, tant elle était supérieure dans le jeu à tous ses adversaires. » (*Le Parisien*, 28 février 2012)

Michel Hidalgo :

« Séville, pour moi, c'est une nuit noire. » (*20 minutes.fr*, 6 juillet 2012)

Patrick Battiston :

« J'ai pardonné. » (*RTL*, 29 février 2012)

Table des matières

11195

Composition
FACOMPO

Achevé d'imprimer en Slovaquie
par NOVOPRINT SLK
le 16 février 2016

Dépôt légal mars 2016
EAN 9782290078815
OTP L21EPNN000308N001

ÉDITIONS J'AI LU
87, quai Panhard-et-Levassor, 75013 Paris

Diffusion France et étranger : Flammarion